∞ Laura Muller ∞

Altos papos sobre Sexo

dos 12 aos 80 anos

EDITORA GLOBO

GLOBO LIVROS

Diretora da Unidade de Livros: Sandra R. Ferro Espilotro
Editores: José Godoy e Aida Veiga
Assistentes editoriais: Paula Korosue e Juliana Maria de Vargas Ferreira
Produtor gráfico: Rogério Luiz dos Santos
Assistente de arte: Clayton da Silva Viana
Analista de direitos autorais: Melissa R. Arnal da Silva Leite

Edição de texto: Alice Abou Rejaili Augusto
Revisão: Marco Antonio Rangel / Valquíria Della Pozza
Projeto gráfico, paginação e capa: Samira Cardoso
Ilustrações: Marcus Penna
Foto de orelha: Frâncio de Holanda

Texto fixado conforme as regras do novo Acordo Ortográfico da Língua Portuguesa (Decreto Legislativo nº. 54, de 1995).

EDITORA GLOBO S.A.
Av. Jaguaré, 1485 – São Paulo, SP, Brasil
05346-902
www.globolivros.com.br

2º edição, 2010
Impressão e acabamento: Imprensa da Fé

Dados Internacionais de Catalogação na Publicação (CIP)
(Câmara Brasileira do Livro, SP, Brasil)

Muller, Laura
Altos papos sobre sexo dos 12 aos 80 anos /
Laura Muller. -- 2. ed. — São Paulo : Globo, 2009.

Bibliografia
ISBN 978-85-250-4849-3

1. Orientação sexual – Obras de divulgação
2. Sexo – Obras de divulgação I. Título.

10-07195 CDD-613.96

Índices para catálogo sistemático:

1. Orientação sexual : Obras de divulgação
613.96

Licenciamento: GLOBO MARCAS

Agradecimento

Ao Serginho Groisman,

que um dia teve a ideia de criar um quadro sobre sexo em seu programa na TV Globo, abrindo as portas para inúmeras oportunidades educativas.

Entre elas, este livro!

Sumário

Introdução

Ninguém nasce sabendo tudo sobre sexo. Aliás, é assim com a maioria das coisas da vida. Precisamos ir vivendo as experiências e aprendendo. Na teoria e na prática! E, muitas vezes, ao longo do tempo, vamos esquecendo uma coisa ou outra, nos confundindo com algo que antes parecia tão claro, além de ir questionando, revendo, dando novos significados. Funcionamos assim nas mais variadas situações.

Nesse percurso de descobertas, que é nosso processo natural de desenvolvimento, é sempre bom trocar ideias, bater papos como este, buscar informações. É um engano achar que já sabemos tudo sobre determinado assunto. Ou que já sabemos tudo sobre sexo. Não há como saber tudo. Algo que não conhecíamos pode sempre nos surpreender!

É uma oportunidade nos abrirmos a novas ideias!

Eu gosto de estar sempre aberta a elas. Para compor este livro, por exemplo, foi de grande valor revisitar e redescobrir bibliografias das mais interessantes e variadas. Tive a meu lado manuais de educação sexual, além de autores preciosos da psicologia, da filosofia, da antropologia e outros tantos pensadores. E tudo isso foi só o começo...

A ideia surgiu com minhas participações no programa *Altas Horas*, da TV Globo, em que respondo a dúvidas das pessoas sobre sexo. Após cada programa, dezenas de e-mails chegavam até mim, com mais e mais questões, de homens e mulheres de todas as idades. Nas ruas, as pessoas começaram também a me abordar com dúvidas e outras tantas a procurar atendimento em meu consultório de psicologia. Ou a contratar palestras minhas sobre relacionamentos e sexualidade.

Ou seja: o assunto é amplo. E inesgotável.

Este livro poderia, então, vir a ampliar as oportunidades de esclarecer muita coisa do que as pessoas, como você, gostariam de saber a respeito do funcionamento sexual de homens e mulheres – dos doze aos oitenta anos. Ou mais...

E é exatamente isso o que me propus a fazer aqui!

Capítulo 1

Dos 12 aos 14

PRÉ-ADOLESCÊNCIA

O que é a pré-adolescência? Simples de responder: é aquele período que antecede a adolescência. Mas isso não seria a infância? Não. Pré-adolescência é quando a pessoa vai deixando de ser criança, mas ainda não é um adolescente.

E o que é a adolescência – ou "aborrecência", como muitas pessoas gostam de nomear/provocar? Essa é uma fase de transição do mundo protegido pelos pais, cheio de regras e cuidados familiares, para o mundo adulto e... livre! Porém, desprotegido, cheio de novas regras, intensos desafios e milhões de responsabilidades.

Mas, antes de chegar lá, surge o tema deste capítulo, que é a pré-adolescência. Muita coisa já muda por aqui. O corpo começa a crescer, os genitais dão sinais de amadurecimento e a cabeça começa a bagunçar. Sou criança? Ou já estou grande? Posso brincar como antes? Ou agora isso é feio? Mas eu gostava tanto dos meus brinquedos! O que está acontecendo com meu corpo? O que eu estou sentindo? Ai que vontade de chorar! Ai que raiva de todo mundo! Não quero mais sair de casa. Só com meus amigos. Meus pais são um saco! Não aguento mais! Eles não eram assim antes. O que será que mudou com eles? Por que eles estão me tratando assim? Socooorro!

Socorro mesmo! Os pais pedem socorro. Os filhos, idem. E também todos aqueles que estão em torno: a família, a escola, o ambiente social como um todo. Não é fácil deixar de ser criança. Sofre-se – e muito! Afinal, há coisa mais gostosa que os paparicos de papai, mamãe & companhia?

Claro que estou falando de quem nasceu num lar saudável, com uma família suficientemente boa

– e bem longe dos maus-tratos, das violências e dos abusos sexuais que tragicamente ainda estilhaçam muitas crianças por aí. Esses casos requerem um olhar diferenciado.

Mas quem nasceu numa família afetuosa certamente se lembra da delícia que é o colinho da mamãe. No entanto, a gente cresce. Aquele colinho não é mais o mesmo. Você não é mais o mesmo! É a assustadora – e curiosamente maravilhosa! – entrada na pré-adolescência.

O corpo dá sinais de que esse gigantesco processo de transformação e amadurecimento está se iniciando. Nas meninas, esse sinal é a menarca, que é a primeira menstruação. Nos meninos, é a espermarca, ou semenarca, que é a primeira emissão do sêmen ou esperma (a ejaculação). Essa "primeira vez" da menstruação e da ejaculação é muito interessante e transformadora, como veremos a seguir.

A primeira menstruação

Essa a gente nunca esquece! Eu me lembro da minha: fui fazer xixi e vi uma coisinha marrom em minha calcinha. Maaaaaanhêêê! E lá vai a mãe socorrer, explicar (se ainda não havia feito isso, pois é preciso ir explicando as transformações corporais e sexuais às crianças desde cedo, antes de suas perguntas começarem a surgir) e fazer o que mais for preciso!

Em geral, a primeira menstruação acontece assim: um pequeno sinal de cor marrom surge na calcinha. Em alguns casos, esse sinal fica aparecendo de vez em quando durante alguns meses. Em outros, depois dessa pequena mancha marrom, vem mais um pouco, e mais um pouco nos dias seguintes. É a primeira menstruação.

As mudanças do corpo

Chamada de menarca, a primeira menstruação costuma ocorrer por volta dos doze anos. Mas também pode vir antes (aos nove, dez, onze anos) ou depois (aos treze, catorze, quinze, dezesseis anos). Varia de acordo com a pessoa. Ou seja: não há regra. Afinal, somos seres únicos. Então, nossa menstruação também é.

Como se dá o processo:

- **as glândulas sexuais amadurecem e passam a liberar hormônios;**
- **o útero, a vagina e as tubas uterinas (trompas) crescem;**
- **os ovários, que desde o nascimento armazenavam os óvulos, agora podem começar a liberá-los;**
- **os grandes e os pequenos lábios vaginais crescem e se espessam;**
- **o corpo feminino "de mocinha" começa a se delinear;**
- **o quadril fica mais largo;**
- **surge o botão mamário e as mamas começam a crescer;**
- **aparecem pelos na região pubiana;**
- **o corpo está na fase do estirão: um crescimento de cerca de oito a nove centímetros ao ano;**
- **a menina menstrua.**

Como ocorre a menstruação

E de onde vem esse sangue todo? Vou enumerar esse caminho:

1. **GATILHO HORMONAL** Para começar, ocorre um estímulo hormonal para que um dos ovários amadureça um óvulo e o libere. Essa é a chamada ovulação;
2. **PREPARAÇÃO DO NINHO** Ao mesmo tempo, ocorre um estímulo para o útero se preparar para receber o ovo, nome que se dá caso o óvulo seja fecundado pelo espermatozoide. Cresce a parede interna do útero, chamada de endométrio, para ser como um ninho para o ovo se fixar;
3. **NÃO FOI DESSA VEZ** Se não ocorrer gravidez, a camada do endométrio que cresceu para servir de ninho perde sua função. Então, descola-se do útero e é eliminada junto com o sangramento natural promovido por esse descolamento: é a menstruação.

E como se orquestra essa história toda? O grande "maestro" é o sistema nervoso central. Ele comanda uma orquestra que conta com três importantes integrantes:

1. **O HIPOTÁLAMO:** região do cérebro que controla, entre outras funções, a secreção dos hormônios;
2. **A HIPÓFISE:** glândula que fica na base do crânio, abaixo do hipotálamo, e que secreta os hormônios foliculestimulantes (fsh) e luteinizantes (lh) para o amadurecimento das glândulas sexuais;
3. **AS GLÂNDULAS SEXUAIS (OU GÔNADAS):** são os ovários na mulher e os testículos no homem, que amadurecem e começam a liberar o estrogênio e a progesterona (hormônios que comandam o ciclo menstrual) e a testosterona (o hormônio sexual masculino).

Ciclo menstrual e período fértil

Ou seja, nosso corpo, como a lua e as marés, funciona em ciclos.

É comum a mulher ter um ciclo menstrual (o período entre uma menstruação e outra) de 28 dias. Mas há casos de ciclos maiores, até 35, quarenta dias. Ou menores, de 22, 25 dias. Varia de pessoa para pessoa.

Dentro do ciclo menstrual está o tão temido (ou esperado) período fértil, em que há as chances de engravidar. Tudo funciona basicamente assim, pegando como exemplo um ciclo de 28 dias:

MENSTRUAÇÃO Ocorre a menstruação: esse período menstrual costuma variar entre três e sete dias. Se for mais do que isso, ou se for menos, pode ser o caso de procurar um médico ginecologista para ver se está tudo bem;

PERÍODO FÉRTIL Duas semanas depois do primeiro dia da menstruação ocorre uma nova ovulação. O período fértil inclui os três dias antes dessa ovulação, mais o dia da ovulação e também mais três dias depois (totalizando sete dias). Aqui há chances de engravidar;

FINAL DO CICLO Duas semanas após a ovulação, caso o óvulo não seja fecundado, esse ciclo termina e vem uma nova menstruação: ela sinaliza o final de um ciclo e o início de outro.

Calendário do ciclo menstrual

01	02	03	04	05	06	07
08	09	10	11*	12	13	14*
15	16	17*	18	19	20	21
22	23	24	25	26	27	28

legenda
01 - início da menstruação
07 - último dia da menstruação
11 - início do período fértil
14 - dia da ovulação
17 - último dia do período fértil
28 - final do ciclo e nova menstruação

Após a primeira menstruação, o corpo feminino precisa de mais ou menos dois anos para os ciclos se tornarem mais regulares e as ovulações menos esporádicas. No entanto, a garota já pode engravidar, sim. Mas até ontem ela era uma criança, não era? O que será que vai acontecer não só com o corpo, mas também com a cabeça – e com a vida – dessa menina se isso ocorrer?

O mundo atual

Em meu consultório, em minhas palestras, no programa *Altas Horas*, da TV Globo, e em outros espaços em que trabalho, muita gente me pergunta se todo esse processo de entrada na puberdade não está ocorrendo cada vez mais cedo, ou se isso não passa de uma impressão. Está, sim. Estamos menstruando um pouco mais cedo do que as gerações anteriores. O que dizer a esse respeito? O que responder a uma pergunta do tipo: "Será que minha filha menstruou aos nove anos porque o mundo está muito precoce, muito cheio de erotismo?".

O mundo está, sim, mais cheio de erotismo e mais precoce. E com uma banalização gigantesca do sexo! Esse é o cenário atual. No entanto, há também maior liberdade para a gente ser como quer ser, fazer o que gosta de fazer. E essa liberdade – que é saudável e prazerosa – não existia algumas décadas atrás. Esse é o cenário atual, com suas vantagens e desvantagens.

Esse cenário pode influir na menstruação das meninas?

Talvez sim, talvez não. Mas não é só isso. O que herdamos de nossos pais (os fatores genéticos), somado a nosso estilo de vida (nosso jeito de ser, que inclui nosso histórico de alimentação e doenças, entre outros), faz com que cada caso seja um caso. Portanto, não há uma explicação geral e única para o fato de algumas meninas menstruarem bem mais cedo que outras. Cada história é uma história. Cada corpo é um corpo. E é preciso levar tudo isso em conta.

No outro extremo estão os pais cujas filhas já fizeram quinze anos e não menstruaram. Será que elas têm problema, "defeito"? Calma, gente! Talvez não seja nada de mais. Talvez esse seja o ritmo do corpo dela. Eu não falei que cada caso é um caso? Então, pode ser que o jeito dela seja esse, que seu corpo leve esse tempo para o amadurecimento dos genitais.

Primeira ida ao ginecologista

Aqui vai uma dica: toda vez que algo parecer incomum, esquisito, uma excelente opção é ir ao médico para um exame. Se a menstruação veio cedo demais, ou tarde demais, nada melhor que marcar uma consulta. No caso das meninas, o médico a ser procurado é o ginecologista.

Então, assim que a menina menstruar, é recomendável marcar uma consulta para saber se está caminhando tudo bem com o corpo dela, para esclarecer dúvidas e, acima de tudo, para ensinar essa menina – que é a futura adolescente e, daqui a pouco, a futura mulher – a começar a cuidar do corpo de forma responsável, consciente, saudável e prazerosa.

No consultório do ginecologista, é importante saber que:

- **enquanto a menina é virgem, nada se introduz dentro da vagina a fim de coletar materiais para exames de prevenção. Isso só ocorre depois das primeiras relações sexuais. Ou, caso necessário, são feitos exames sem interferir no hímen (ou seja, este permanecerá intacto);**
- **o ginecologista vai esclarecer as dúvidas iniciais do processo de desenvolvimento feminino, bem como solicitar os exames que julgar necessários para verificar a saúde da menina e dos genitais;**
- **é importante que a paciente tenha a possibilidade de esclarecer suas dúvidas também a sós com o profissional – e essa conversa tem o direito de ser sigilosa;**
- **DICA: excelente oportunidade para esclarecer mais sobre prevenção à gravidez e às doenças sexualmente transmissíveis.**

Pode até parecer, mas não é bicho de sete cabeças. E a partir de agora as visitas ao ginecologista devem ser periódicas: a cada seis meses ou uma vez por ano. Nosso corpo é nosso maior patrimônio. Sem ele, obviamente, não vivemos. Então, é fundamental cuidar, examinar, tratar e o que mais for necessário desde cedo. E por toda a vida.

Os sentimentos e as emoções

Mas claro que não é só o corpo que se transforma. Se fosse "só" isso... Todo mundo que passou por essa fase da primeira menstruação sabe que a história é bem mais complexa. A cabeça bagunça. As emoções entram numa espécie de montanha-russa. Parece que a gente não se conhece mais. Parece que tudo se torna novo e muito esquisito.

E é mesmo! É novo e muito esquisito ver o corpo crescer e se transformar. É novo e muito esquisito ter sentimentos, pensamentos, sensações e intuições que não tínhamos antes.

Dá vontade de voltar a ser criança. Dá vontade de não ter de lidar com tudo isso. De se esconder... De sair correndo. Ou sei lá mais de quê. Mas, curiosamente, ao mesmo tempo dá vontade de experimentar essas coisas novas, saboreá-las, ver o que mais o mundo tem a oferecer, fazer descobertas, viver novas possibilidades.

Essa é a pré-adolescência, uma fase em que a gente começa a experimentar sentimentos cada vez mais confusos e contraditórios. Ora a gente ama, ora a gente odeia. E isso é só o começo... É assim com toda mulher. É assim também com todo homem. Ou seja, faz parte do processo natural de desenvolvimento de todo ser humano.

Como lidar com esse período? Não existe receita pronta (e eu repetirei inúmeras vezes essa frase neste livro, em variadas situações). Cada jovem, cada mãe, cada pai, cada família precisará descobrir seu jeito de lidar com a pré-adolescência. Mas o primeiro passo é compreender que essa fase é cheia de confusão mesmo. Faz parte da vida. E esse é só o começo...

300 a 400 mil óvulos. A mulher nasce com esse total, mas apenas alguns deles amadurecerão na fase reprodutiva, podendo originar uma gravidez.

Entre 48 e 72 horas. Esse é o tempo que o espermatozoide sobrevive dentro do corpo da mulher. E fora? Morre rapidamente!

A primeira ejaculação

Ejacular. Do latim *ejaculare*, que significa "lançar de si sêmen ou pólen". É a tão esperada emissão do esperma. Mas não é o mesmo que orgasmo. Em geral, a ejaculação ocorre acompanhada dessa sensação prazerosa que caracteriza o orgasmo. Mas não é a mesma coisa. Vamos ver, com calma, o que é.

Uma das versões mitológicas para o nascimento de Afrodite, a deusa grega do amor, do prazer e da beleza, relata que ela teria nascido do esperma (ou sêmen) de Urano, o deus celeste da fertilidade, derramado no mar depois de seus testículos terem sido decepados por Crono, o deus do tempo.

De Afrodite nasceu Eros, o deus do amor e do apetite sexual. Eros é um deus jovem, como um menino de cabelos loiros e cacheados. Mas tem asas. E também flechas. Muitas flechas. Munido delas e muitas vezes de olhos vendados, dispara-as aleatoriamente, fazendo com que suas vítimas sejam, assim, surpreendidas e tomadas de uma irresistível paixão.

Um marco importante

Quanta coisa pode acontecer de um punhado de esperma! Fertilidade, prazer, paixões. Nascimento de deuses! Pelo menos isso é o que diz a mitologia. Há inúmeras formas de olhar para o simbolismo dessas histórias. Uma delas é imaginar como é intensa e grandiosa a chegada da primeira ejaculação, da primeira emissão de esperma.

É um marco. A criança cresceu. O menino está virando homem. Agora, ele já produz espermatozoides. Ele já ejacula. Já pode procriar. E tudo isso ocorre por volta dos doze anos, na pré-adolescência. Seria o equivalente à primeira menstruação das meninas, a menarca. Nos dois casos, dos meninos e das meninas, estamos falando de um sinal de que os genitais amadureceram – e já estão ficando aptos a começar a jornada da procriação da espécie.

Como ocorre

Chamada de espermarca, ou semenarca, a primeira ejaculação geralmente acontece assim: de repente, o menino acorda com a roupa molhada, como se tivesse feito xixi. Mas não é xixi. É diferente. É esperma: um líquido a princípio meio ralo e transparente, proveniente de uma mistura de líquidos da próstata e das vesículas seminais, acrescido de espermatozoides.

Quando a ejaculação acontece sem perceber, durante o sono, ganha o nome de polução noturna. Ocorre por um motivo: para "aliviar" o estoque de espermatozoides que já se formou. Mas também pode ser que o menino fique se masturbando, se masturbando... e perseguindo essa "primeira ejaculação" até ela vir. E por que não vinha antes? Porque, ao contrário das mulheres, que já nascem com uma bagagem de óvulos (as células sexuais femininas) para ser amadurecidos futuramente, os homens só passam a produzir seus espermatozoides (as células sexuais masculinas) na puberdade.

No caso dos meninos, após essa primeira ejaculação, ainda levará de um ano a um ano e meio para que o esperma tenha a concentração ideal de espermatozoides para favorecer a gravidez. Mesmo assim, já há chances de engravidar uma garota.

Mas alto lá! A cabeça ainda não amadureceu o suficiente. E, como não somos bichos, mas seres humanos, nós temos de esperar para que nosso emocional amadureça o suficiente para poder nos lançar às práticas sexuais e reprodutivas. Quanto tempo? Varia de uma pessoa para outra, mas com certeza vai levar mais algum (ou muito) tempo.

O esperma

O homem ejacula o equivalente a uma colher de chá de esperma. Se ocorrer uma ejaculação seguida de outra, e depois outra, e outra, em um curto espaço de tempo, o estoque de esperma vai diminuindo, diminuindo e pode ser que chegue a ejacular uma gota só.

Quer dizer que, se o homem ejacular várias vezes seguidas, acaba todo o esperma? Não! Pode até ser que saia apenas uma gota após essas várias vezes, mas o corpo masculino é uma máquina de fazer espermatozoides! Do momento em que os genitais do menino amadurecem até o final da vida, há uma produção diária de espermatozoides. E logo o estoque se normaliza.

Os espermatozoides

As coisas funcionam assim:

- **os espermatozoides são fabricados nos testículos;**
- **acabam de amadurecer no epidídimo: dois tubos que ficam sobre os testículos, parecidos com um novelo de lã, mas com o formato de uma letra C;**
- **ficam armazenados e aguardando a ejaculação no canal deferente, que liga o epidídimo à uretra e forma o caminho por onde serão expelidos;**
- **ao receberem um estímulo, seguem para a uretra e se unem ao sêmen (composto de líquidos da próstata e das vesículas seminais), sendo expelidos em seguida em pequenos jatos promovidos por uma sequência de contrações. É a ejaculação.**

As mudanças corporais masculinas

O desenvolvimento dos garotos ocorre basicamente assim:

1. os testículos, onde serão produzidos os espermatozoides e o hormônio testosterona, crescem;
2. cresce o saco escrotal (onde ficam os testículos), sua pele fica avermelhada e muda de textura;
3. internamente, as vesículas seminais e a próstata, que produzirão o líquido para transportar os espermatozoides, se desenvolvem;
4. o epidídimo, o canal deferente e a uretra, por onde passará a ejaculação, também se desenvolvem;
5. o pênis cresce, só que mais lentamente, primeiro em comprimento e depois em diâmetro (e continuará crescendo até por volta dos dezessete, dezoito anos);
6. ao mesmo tempo, surgem os pelos pubianos. Depois de

um ou dois anos crescerão os das axilas, em seguida virão barba e bigode;
7. o hormônio testosterona passa a agir sobre a laringe, local das cordas vocais, que ficam mais grossas e a voz mais grave (porém com alguns episódios ainda de desafinação);
8. o garoto está na fase do estirão: nesse período, cresce por volta de dez centímetros ao ano.

Prazer e confusões

Ejacular é prazeroso. Muito. Mas também pode ser assustador. O que está acontecendo com o corpo? E que história é essa de ereção? Por que ela aparece a qualquer momento?

Não é fácil enfrentar todas essas mudanças, apesar de, à primeira vista, parecerem muito prazerosas. Podem ser prazerosas, sim! Mas isso não exclui o fato de serem diferentes e esquisitas para quem até ontem mesmo era uma criança.

Nossa cultura até hoje reprime a mulher (mesmo tendo evoluído muito se pensarmos na época de nossas avós!) e, ao mesmo tempo, exige muito do homem: tem de mostrar que é "macho", tem de ter ereção sempre, tem de ter um pênis enorme, tem de ejacular com um jato que percorra quilômetros de distância de preferência etc.

São cobranças e mais cobranças, muitas vezes absurdas, exageradas, e que em vários casos o perseguirão e o atormentarão pelo resto da vida. Uma pena! Um equívoco nosso enquanto sociedade. Mas o fato é que o menino começa a crescer e a ter suas primeiras ejaculações dentro desse contexto. Não é tarefa fácil.

Para complicar mais ainda a situação, ocorrem ereções fora de hora, fruto de todo esse processo de amadurecimento dos genitais. Viu uma menina bonita... Lá vem ereção. Passou pela cabeça algo excitante... Ereção. Aconteceu sei lá o quê... Mais ereção. Isso dá uma vergonha danada! Dá vontade de sumir dali! O garoto não sabe o que fazer – e não há muito a fazer mesmo. Afinal, é um processo natural dessa fase.

Mas, enfim, será que está tudo bem com a "área de lazer" masculina? E o pênis? O crescimento está normal? Dúvidas como essas pipocam na cabeça dos meninos e dos pais. Fazer o quê? Primeiro, ir devagar. Nada de ficar exagerando nessa história de tamanho de pênis. É importante ter calma e aceitar as dimensões e as transformações do corpo.

Primeira ida ao urologista

Mesmo assim, vale uma dica: ir ao médico. Assim como as meninas devem ir ao ginecologista logo que menstruam, para esclarecer dúvidas e examinar o corpo para ver se está tudo bem, os meninos precisam fazer o mesmo quando os genitais dão os sinais de amadurecimento e com a chegada da primeira ejaculação.

O médico que cuida dos garotos é o urologista. Deve-se marcar uma consulta. É importante que o homem comece a cuidar desde cedo de seu corpo de forma adequada e saudável, sempre de olho na saúde de sua região preferida: a região genital. No consultório do urologista serão esclarecidas as dúvidas sobre os cuidados com os genitais e o desenvolvimento adequado dos mesmos.

O que acontece no consultório do urologista:

- **o médico vai esclarecer as dúvidas iniciais do processo de desenvolvimento masculino, bem como solicitar os exames que julgar necessários para verificar a saúde do garoto e dos genitais;**
- **tamanho de pênis é algo que incomoda muita gente. Boa oportunidade para esclarecer mitos e tabus com o médico;**
- **fimose (o excesso de pele ao redor da cabeça do pênis, que pode acabar estrangulando a mesma durante a ereção), curvatura do pênis, higiene adequada dos genitais e outros assuntos podem ser observados de perto;**
- **DICA: excelente oportunidade também para saber mais sobre as doenças sexualmente transmissíveis e o uso de camisinha, além das formas de evitar a gravidez de uma futura parceira.**

Essas são apenas algumas questões. Manter um acompanhamento médico é coisa para toda a vida. Recomenda-se que, após o início da vida sexual, as visitas ao urologista ocorram pelo menos a cada seis meses ou uma vez ao ano. Isso faz parte do conjunto de práticas saudáveis e responsáveis do mundo em que vivemos.

Apenas 1% a 2% do esperma é composto de espermatozoides. Os 98% ou 99% restantes são de líquidos da próstata e das vesículas seminais.

40 quilômetros por hora. Essa é a velocidade média do jato de ejaculação, que costuma atingir de 15 a 20 centímetros de distância.

400 a 600 milhões de espermatozoides são ejaculados a cada vez! Mas só um realizará a incrível tarefa de fecundar o óvulo, promovendo a gravidez.

Conhecendo os genitais

Já falei um pouco sobre a região genital nas páginas anteriores. Agora vou dar mais detalhes. A começar pelos órgãos genitais femininos:

OVÁRIOS (GÔNADAS FEMININAS): são as glândulas sexuais femininas. Com formato oval, produzem os hormônios que controlam o ciclo menstrual, o estrogênio e a progesterona, além de desenvolver e amadurecer os óvulos. A cada mês, um óvulo é liberado por um dos ovários, sendo um mês pelo ovário direito, outro pelo esquerdo;

TUBAS UTERINAS (TROMPAS): são canais que unem os ovários ao útero. Têm até doze centímetros de comprimento e apresentam uma espécie de franja (as fímbrias) na extremidade, para captar o óvulo liberado pelo ovário. Este fica 24 horas vivo nas tubas, podendo ser fecundado pelo espermatozoide. Caso isso não ocorra, é absorvido ou eliminado pelo corpo;

ÚTERO: parece uma pera de cabeça para baixo. Fica no meio da bacia, atrás do osso púbico. Todo mês há o espessamento de sua camada interna (o endométrio), para formar um "ninho" e receber o óvulo fecundado pelo espermatozoide. Caso isso não ocorra, a camada do endométrio se desprende, dando origem à menstruação;

VAGINA: é o canal que liga os órgãos genitais internos (ovários, tubas e útero) ao exterior. Em repouso, mede cerca de oito centímetros de comprimento e suas paredes ficam coladas. Quando a mulher se excita, a vagina se alarga, se lubrifica e se aprofunda (dobra de tamanho, para dezesseis centímetros) para receber o pênis;

VULVA: é o conjunto dos órgãos sexuais externos. Composta de grandes e pequenos lábios, do clitóris (que mede entre dois e três centímetros e é o principal órgão de prazer feminino), do orifício de entrada da vagina (que fica recoberto com o hímen, uma membrana bem fina com um pequeno orifício por onde escoa o sangue menstrual das meninas virgens) e da uretra (por onde sai o xixi), além do monte de Vênus (camada gordurosa recoberta de pelos, para proteger a região e amortecer os movimentos da penetração).

E quanto ao corpo do homem? São estes os órgãos genitais masculinos:

TESTÍCULOS (GÔNADAS MASCULINAS): ficam dentro do saco escrotal, produzem a testosterona (o hormônio sexual masculino) e contam com canais minúsculos (túbulos seminíferos) onde são produzidos os espermatozoides;

costumam ser um grau mais frio que o restante do corpo masculino, para servir de "geladeira" na conservação dos espermatozoides que estão sendo produzidos;

EPIDÍDIMOS: compostos de dois tubos que parecem um novelo de lã, mas com formado de uma letra C. Ficam sobre os testículos. Os espermatozoides precisam passar por todo o novelo (são cerca de seis metros!) para concluir seu processo de maturação. Esse caminho leva cerca de dez dias;

CANAL DEFERENTE: formado por dois canais que levam os espermatozoides do epidídimo à uretra, onde serão expelidos com a ejaculação. Armazenam os espermatozoides, que podem ficar à espera de uma ejaculação por até trinta dias. Caso a ejaculação não ocorra, esses espermatozoides podem ser expelidos por uma polução noturna (a ejaculação que ocorre no sono, sem perceber);

VESÍCULAS SEMINAIS: produzem um dos líquidos que compõem o sêmen. Esse líquido também nutre os espermatozoides para sua "viagem" dentro do corpo feminino;

PRÓSTATA: produz o líquido que se une ao produzido pelas vesículas seminais para compor o sêmen, junto com os espermatozoides. Durante o ponto mais alto de excitação sexual, ela se contrai a cada 0,8 segundo e esse movimento se une ao dos outros músculos da região peniana, promovendo a ejaculação;

URETRA: canal por onde sai o xixi, mas também a ejaculação. Ambos não saem jamais juntos, pois a excitação desencadeia um processo que impede que isso ocorra. Uma gota de um líquido lubrificante (uma secreção das glândulas uretrais e bulbouretrais) sai antes da ejaculação para "limpar" o canal (neutralizar a acidez da urina) para a passagem do sêmen. Essa gota pode conter espermatozoides, o que oferece risco de engravidar, antes mesmo de a ejaculação ocorrer;

PÊNIS: principal órgão de prazer do homem, composto de cabeça (glande) e corpo. Na glande, fica o orifício da uretra, por onde saem o esperma e o xixi. É coberta por uma camada de pele, o prepúcio, que se retrai quando ocorre a ereção, exibindo a cabeça do pênis. No corpo do pênis há o corpo esponjoso, que fica ao redor da uretra e evita que a mesma seja "espremida" na hora da ereção, além de deixar a ponta do pênis macia, para a penetração não machucar nem a si mesmo nem a mulher. No corpo do pênis há também os corpos cavernosos, que são duas espécies de tubos com "cavernas" que se enchem de sangue durante a excitação – isso é a ereção.

Quanta informação! É muita coisa (básica) para saber sobre nosso funcionamento (básico) sexual. Talvez seja por isso que, há mais de uma década, é sugestão dos Parâmetros Curriculares Nacionais (as diretrizes para a educação no país) que as escolas brasileiras ofereçam o tema sexualidade como transversal no ensino a partir dos sete anos de idade. Essa é a proposta.

Será que na prática é o que acontece na totalidade das escolas brasileiras? Ou os temas "sexo, sexualidade, funcionamento natural do corpo do homem e da mulher etc." ainda (infelizmente) se revelam como assunto tabu em nossa cultura? Parece que estamos mais nesta última opção. Talvez ainda faltem muita informação, muita conversa franca, coragem e esclarecimento.

E isso é só o começo...

3 ou 4 centímetros mais perto do orifício de entrada. Essa é a região mais sensível da vagina – e o local em que a mulher sente mais prazer.

14,5 centímetros. Esse é o tamanho médio do pênis em ereção – mas pênis com mais de 9 centímetros já são considerados de tamanho normal.

Situações difíceis

E se algo andar muito difícil no lado emocional?

A gente sabe que a cabeça bagunça.

E que há mesmo um turbilhão de emoções!

Mas, se necessário, o profissional a ser consultado para ajudar nessa área é o psicólogo, que não é simplesmente "médico de louco", como alguns dizem. O psicólogo poderá ajudar o menino e a menina a perceber melhor seu mundo interno (seu jeito de ser, seu processo de desenvolvimento, sua essência) e suas relações com todo esse mundo ao redor.

Assunto dolorido

Não posso deixar de citar também um assunto tabu em nossa cultura. Algo dolorido e profundamente incômodo: a questão do abuso sexual. É considerado abuso toda vez que uma pessoa, por meio de violência, autoridade, poder e/ou diferença de idade, utiliza a outra para obter prazer sexual. Isso é crime.

E isso infelizmente acontece. Em qualquer classe social. Em qualquer canto do país. Pior ainda: em muitos casos, quem abusa sexualmente do jovem (ou da criança) é alguém da própria casa, como o pai, a mãe, o avô, a avó, o padrasto, a madrasta, o irmão, a irmã.

Ou de bem perto: um vizinho, uma vizinha, um parente próximo, alguém da escola ou do bairro. É duro saber disso. Mais difícil ainda é viver esse abuso.

O que fazer?

Por lei, todo adulto que souber de um abuso sexual a uma criança ou adolescente tem a obrigação de comunicar à Justiça. Os órgãos especializados tomarão as providências legais.

Além disso, a vítima de abuso precisa ser encaminhada a um hospital ou posto de saúde, para uma avaliação médica e os cuidados necessários, o que inclui prevenção às doenças sexualmente transmissíveis e à gravidez.

E não para por aí: é uma questão muito delicada (principalmente quando ocorre dentro de casa) e a vítima necessita de atendimento psicológico urgentemente. Aliás, a família toda precisará de ajuda psicológica.

Beco sem saída?

Da parte de quem sofreu abuso, há um misto de sentimentos: medo de contar para os outros e ser punido, medo de ninguém acreditar, culpa por estar fazendo algo errado, ou por achar que "merece" o que está sofrendo, ou por gostar da pessoa no meio disso tudo, sentimento ruim de fazer algo "sujo", dúvidas das mais variadas.

E ao mesmo tempo vive um conflito muito grande entre o amor que sente pela pessoa que comete o abuso (em especial quando é o pai, a mãe ou alguém tão querido e próximo) e toda a dor, o medo, a raiva pelo que está passando às escondidas.

É uma situação desesperadora. A criança ou o jovem se veem no meio de algo que não tem saída. Pedir socorro a quem? Fazer o quê? E se esse socorro não vier (há inúmeros casos em que o pai abusa, a mãe acoberta, ou vice-versa; ou o avô abusa, a família se cala; e assim por diante)? É muito sofrimento! É uma violência psíquica impensável.

Socorro imediato

Cada caso é um caso, cada família é uma família. No entanto, o fato é que o abuso tem de ser interrompido imediatamente, e a vítima precisa urgentemente de cuidados médicos e psicológicos, assim como a família também precisará de orientações e transformações. As medidas que esse processo todo vai requerer é que variam de caso a caso.

Como identificar?

Há sinais que podem revelar que o jovem (ou a criança) está sendo vítima de abuso sexual. Alguns deles:

- **seu comportamento muda estranhamente: o tímido fica muito extrovertido, o extrovertido fica muito tímido, o calmo fica muito irritado, o agitado fica apático, o estudioso perde o interesse na escola etc.;**
- **de uma hora para outra, o jovem (ou a criança) passa a ter interesse excessivo em torno do sexo: faz brincadeiras eróticas de forma inadequada, toca os genitais a toda hora. Ou vai para o outro extremo e se irrita sempre que ouve algo relacionado a isso;**
- **passa a ter medo de situações das quais antes não tinha: fica "estranho" em horários específicos, geralmente próximos ao que está ocorrendo o abuso, ou quando é deixado sozinho em casa ou aos cuidados do abusador, ou na hora de ir dormir etc.**

O conjunto desses fatores pode ser um forte indício de abuso. Mas não basta ficar só de olho nos sinais. É preciso abrir espaço para o jovem (ou a criança) conversar, colocar o que está se passando em sua vida, contar o que está acontecendo de bom e de ruim. Assim começa a dialogar e abrir espaço para lidar com questões tão doloridas.

No entanto, conversar com o jovem (ou a criança) sobre abuso sexual requer uma atenção especial. Pode ocorrer um primeiro impulso de tentar esconder, por medos dos mais variados: de ser punido, de o adulto abusador (que muitas vezes ele ama) também ser punido etc. É preciso ter muita delicadeza para tratar dessas questões.

Como prevenir?

Uma atitude importante, educativa e preventiva é, desde cedo, orientar o jovem (e a criança) sobre o seguinte:

O CORPO Seu corpo é só seu. Ninguém tem o direito de tocá-lo sem que você queira. E você também não pode tocar no corpo do outro sem permissão. Ninguém tem o direito de forçá-lo a fazer com seu corpo o que você não quer;

A CONFUSÃO Algumas vezes, o outro convence o jovem (ou a criança) de que aquilo não é errado. Mas, se você acha que há algo de esquisito, converse com outra pessoa de confiança. Pode ser alguém da escola, como a orientadora ou a professora em quem confia. Ou outro adulto em quem confia. Sem medo, sem se sentir culpado;

DE QUEM É O ERRO O erro não é seu! A culpa não é sua! Mesmo que você tenha sentimentos variados, como sentir amor e raiva, ou gostar e detestar ao mesmo tempo, e outros tantos mais, não se culpe. O adulto é que não está agindo como deveria;

É PRECISO PARAR Isso precisa parar de acontecer já. Procure a ajuda que for necessária para conseguir! Fale com quantos adultos você achar necessário para ajudá-lo a sair dessa. Não desista!

Tapando o sol com a peneira?

Exige fôlego conversar sobre isso. É difícil mesmo. Para qualquer pessoa. Toca em nossos medos mais profundos, em nossas dores mais escondidas. Mas não dá para tapar o sol com a peneira.

Sexo é algo prazeroso, saudável, delicioso. Mas pode apresentar também um lado negro, em especial quando se trata de questões terríveis como essas. Saber que tudo isso infelizmente faz parte do mundo em que vivemos é importante para a prevenção. E necessário para abrir os olhos – e ajudar quem for preciso.

Capítulo 2

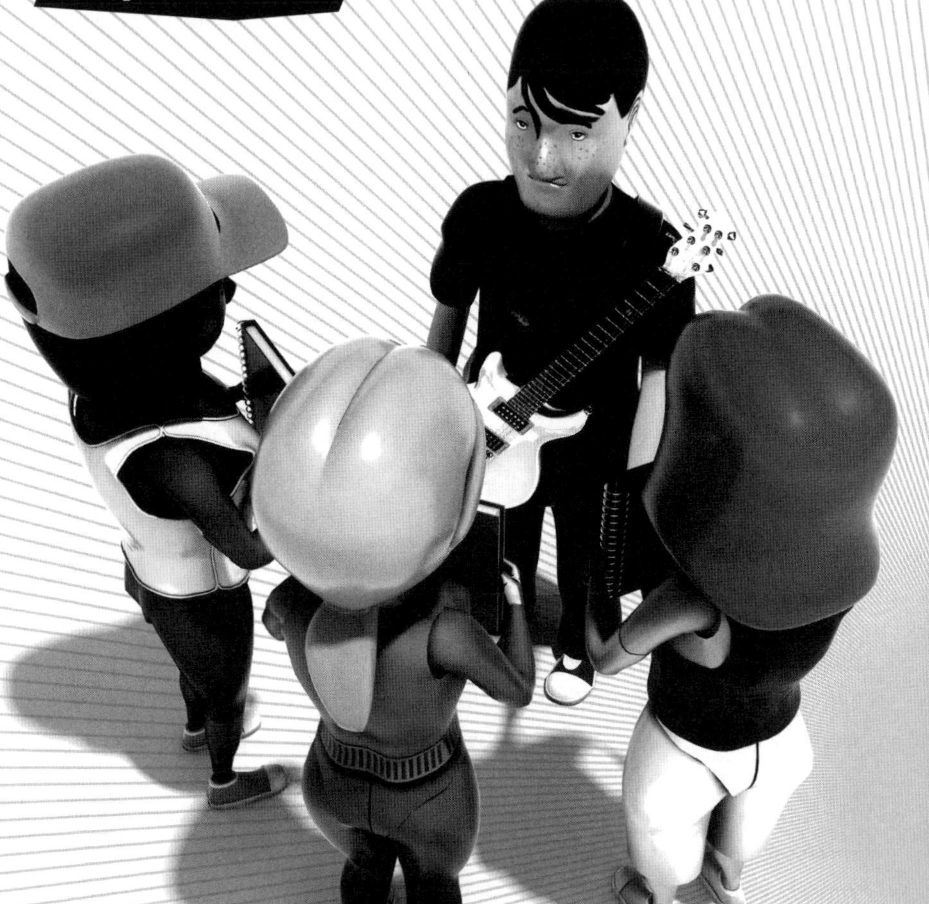

Dos 15 aos 19
ADOLESCÊNCIA

Chegou o momento tão esperado por uma parcela dos jovens, tão temido por uma parcela dos pais. Esperado porque é a hora de "ganhar o mundo": sair e sair de casa, fazer milhões de coisas novas na rua, ser "independente". Temido porque começam os desentendimentos com os pais, a dificuldade de manter o controle sobre os filhos, a fase do "não sei mais o que fazer com esse(a) menino(a)".

Nesse período, três grandes questões se tornam o foco principal do jovem: 1. saber quem eu sou (do que gosto, o que eu quero da vida, como devo ser e como quero ser); 2. fazer incursões na área sexual (as primeiras experiências, descobertas, alegrias e frustrações); 3. caminhar em direção ao mundo do trabalho (a escolha profissional, a continuidade ou não dos estudos, a entrada no mercado, as batalhas nessa área competitiva etc.).

São tarefas gigantescas

Para enfrentar essa jornada, o jovem precisa encontrar seu caminho, que é único, só dele. Nesse processo, costuma se distanciar cada vez mais dos pais e passa a entrar em choque com eles, começando a lutar pelo que acha que deve. Ao mesmo tempo, aproxima-se de um grupo de amigos, um grupo de "iguais", no qual encontra conforto, sente-se compreendido, ao lado de pessoas com dilemas e desafios muito semelhantes aos seus.

Essa é, em linhas gerais, a adolescência.

E os vícios?

O uso de drogas, o consumo abusivo de álcool? Aqui a coisa se complica (mais). Muitas vezes, álcool e drogas entram na vida e se instalam na história nesse momento, por virem embalados na ideia de que vão aliviar o peso do que o jovem está vivendo e/ou preencher um vazio que nem se sabe bem de onde veio nem o que é.

Essa sensação de alívio pode até vir de imediato, mas o preço que se paga é alto demais: danos à saúde física, prejuízos à saúde mental. Difícil também é o jovem (e muitos adultos) compreender isso (que precisa pensar, antes de tudo, na saúde e na qualidade de vida), já que vivemos num mundo de prazeres imediatos, de consumo desenfreado, do "tem de ser agora".

Nós, como sociedade, fazemos parte da construção desse cenário tão complexo.

Um novo sentido

Talvez um passo inicial seja tentar buscar novos e saudáveis sentidos para a vida e para as relações consigo e com o mundo ao redor. Mas essa é uma tarefa sem receita pronta. E nada fácil.

O jovem bem sabe disso. Mas é corajoso e cheio de energia para encarar a adolescência de peito aberto. A começar pelas experiências sexuais. Vamos conversar agora sobre elas.

A(s) primeira(s) vez(es)

A moçada sempre me pergunta: "Qual é a hora certa para a primeira vez?". E eu sempre respondo: "Eu é que sei?".

Na verdade, não há uma hora certa para essa tão esperada primeira transa. Nem para o homem nem para a mulher. Cada pessoa escolhe a sua, no momento em que se sentir realmente preparada para isso.

Não vale:

- **decidir que chegou a hora só porque "todo mundo já transou";**
- **resolver transar porque o(a) namorado(a) está pressionando muito;**
- **impor um limite de idade: "Só vou esperar até eu ter X anos" ou "Estou velho(a) demais para ainda não ter feito";**
- **fazer com o(a) primeiro(a) que aparecer porque "senão perco a coragem";**
- **seguir o embalo da balada: "Todo mundo estava fazendo e...";**
- **outras ideias malucas desse tipo!**

Assim pode ser mais bacana:

- **decidir que chegou a hora porque você sentiu que é o momento;**
- **resolver transar só depois de estar ciente dos métodos para evitar a gravidez, saber como usá-los e ter escolhido um (com a ajuda do médico) para você;**
- **impor um limite para as transas: "Só vou fazer se for de camisinha";**
- **fazer com aquela pessoa que você considera especial;**
- **seguir o embalo de suas convicções: "Eu me informei, pensei bem e...";**
- **outras ideias responsáveis, saudáveis e prazerosas desse tipo.**

A idade

No Brasil, segundo pesquisas do Ministério da Saúde, os jovens do sexo masculino costumam se iniciar sexualmente por volta dos quinze, dezesseis anos. Já as garotas têm sua primeira transa aos dezesseis, dezessete anos. Mas isso não é uma regra. Repito: cada pessoa, por si só, precisa escolher e decidir sozinha qual é a sua hora certa para a primeira vez.

Essa iniciação nunca vem embalada num mundo fofo e cor-de-rosa. É bem mais complexa, com angústias, ansiedades, medos, desconfortos, preocupações das mais variadas e algumas frustrações. Mas também com desejos, fantasias, expectativas, prazeres, novos coloridos para a vida, descobertas e satisfações. Ou seja, é um misto de vivências.

Mais que isso: é um rito de passagem. Um momento em que o jovem deixa de lado o mundo infantil e ingressa nas práticas permitidas a um mundo novo, de "gente grande", de gente adulta (ou quase).

Em geral, acontece assim com todo mundo.

Os medos

Para as garotas, dá muito medo de "doer e sangrar". Ou de não chegar ao orgasmo. Ou de não conseguir usar camisinha. Ou de engravidar. Ou de pegar alguma doença. Ou de pagar algum mico. Ou de ele achar que ela está gorda demais. Ou de mais um monte de "e se...".

Para os meninos, dá muito medo de ejacular rápido. Ou de falhar. Ou de não saber colocar a camisinha. Ou de não agradar à menina. Ou de ela não gostar do tamanho de seu pênis. Ou de ela engravidar. Ou de pegar alguma doença já de cara. E também mais um monte de "e se...".

E mais medos

Há também quem sente um forte desejo de ter suas primeiras experiências com alguém do mesmo sexo. Aí, soma-se mais preocupação aos "e se isso", "e se aquilo" citados: dá muito medo do preconceito das pessoas. Ou de não ser "o jeito certo de ser". Ou do que os amigos e familiares vão dizer ou fazer se descobrirem. E também mais um monte de "e se...".

Se você que está lendo já é adulto(a), sabe exatamente do que estou falando. Se você é adolescente, também está começando a perceber tudo isso. Não é fácil. É um desafio que pode deixar marcas – tanto positivas como negativas – para o resto da vida.

Os mitos

Que tal, então, rever algumas dessas questões angustiantes? Vou listar cinco mitos dessa fase de iniciação sexual e comentá-los brevemente.

Mito 1 – Sempre dói e sangra

Não, isso não é verdade. Pode ser que para algumas meninas doa na primeira vez. Pode ser que ocorra algum sangramento. Mas isso não é regra geral. A dor pode ser causada quando o corpo feminino não relaxou o suficiente. Ou não entrou no processo natural para receber o pênis: quando a mulher se excita, a vagina se alarga, se aprofunda e se lubrifica para receber a penetração (depois volta ao normal). Caso isso não ocorra, pode doer e incomodar. Quanto ao sangramento, varia muito de pessoa para pessoa. Há diversos tipos de hímen (a membrana que recobre a entrada da vagina). O mais comum é o que tem um pequeno orifício no meio, por onde escoa o sangue menstrual, e se rompe com facilidade. Mas seu rompimento pode levar a um pequeno sangramento. Ou não. Varia.

Mito 2 – Tenho de chegar ao orgasmo

Não necessariamente. Orgasmo é questão de aprendizado e treino. Ninguém nasce sabendo. É preciso ir descobrindo aos poucos como fazer para chegar lá. Nas primeiras transas, há em jogo muita ansiedade e preocupações – e pode ser que esse clima dificulte a obtenção do orgasmo. Se a mulher ficar pensando: "Tenho de chegar lá", ou "Qual é o meu defeito", ou ainda "Não consigo, não consigo", há grandes chances de não dar certo mesmo. A dica é ir devagar. Ter calma para entender que se pode levar um tempo para descobrir como ter o seu. Com paciência e sem desespero, é possível chegar lá.

Mito 3 – Não posso falhar nem ejacular rápido

Essa história de "tenho de fazer isso", "não posso fazer aquilo" é uma furada. O ser humano falha mesmo. O homem não consegue controlar tudo o que acontece com seu corpo o tempo todo. Ou seja, o homem pode falhar, sim, de vez em quando; o homem pode ejacular rápido, sim, vez ou outra. E, quanto mais ficar com essas preocupações na cabeça, mais ansiedade isso vai gerar e maiores serão as chances de algo sair a contragosto. A dica é relaxar. Deixar rolar sem medo. Vai acontecer o que tiver de acontecer. E aqui também entra uma questão de descoberta e aprendizado. Aos poucos, o jovem vai conhecendo mais o corpo e descobrindo jeitos de lidar com seus mecanismos de prazer.

Mito 4 – Tenho fé que em mim nada pega (as doenças)

Ter fé é excelente. Mas, acreditar que você é um super-homem, ou uma supermulher, imune a tudo, costuma ser um tremendo equívoco. Afinal, sempre há uma kryptonita escondida por aí, não é verdade? Além do mais, ter superpoderes é coisa de história em quadrinhos, série de TV ou filme de cinema. Na vida real, desde a primeira vez, há, sim, o risco de se contaminar com a aids e com as outras doenças sexualmente transmissíveis (DST) que pipocam por aí, caso não use camisinha. Ou seja, é preciso usar em todas as práticas sexuais – no sexo oral, na penetração vaginal e no sexo anal. E desde a primeira transa. A dica é manusear a camisinha para se familiarizar com ela antes de ir para as primeiras vezes. E aceitar de uma vez por todas: no mundo atual, sexo prazeroso é sexo saudável. Lê-se: com o uso de camisinha, sempre!

Mito 5 – Se engravidar, eu tomo a pílula do dia seguinte

Esse mito é recente. E dói saber que ele já existe. Essa história de ficar tomando toda hora a pílula do dia seguinte é uma roubada.

Esse medicamento foi desenvolvido para situações de emergência. Ou seja, para uma vez ou outra em que ocorreu uma transa com risco de gravidez: por exemplo, quando a camisinha se rompeu na hora da penetração. O melhor, segundo os médicos, é optar por um método contínuo de prevenção à gravidez, como a pílula que se toma diariamente. A jovem precisará ir ao ginecologista para decidir com o médico qual será o método mais indicado para ela. Caso opte pela pílula de uso diário, ou por outro método eficaz recomendado pelo especialista, isso já será o suficiente para evitar a gravidez. A pílula do dia seguinte não será mais necessária em caso de uso adequado de outro método contraceptivo.

Há muito ainda a conversar sobre iniciação sexual, em especial sobre questões que nos acompanharão pelo resto da vida. Ou pelo menos por longos anos. Estou falando das doenças sexualmente transmissíveis, da gravidez e como evitá-la, do afeto e do prazer. Agora um papo mais profundo sobre cada uma delas.

DST, aids e uso de camisinha

Falar sobre doenças incomoda muita gente. O mais importante nessa história, além de usar camisinha em todas as práticas sexuais (sexo oral, penetração vaginal e sexo anal), é ir ao médico caso identifique os seguintes sintomas na região genital:

- **dor;**
- **coceira;**
- **ardência;**
- **verrugas;**
- **bolhas;**
- **feridas;**
- **inchaço;**
- **corrimento de cor estranha;**
- **corrimento com mau cheiro;**
- **qualquer outra coisa que achar diferente.**

Esse é o básico.

Agora, para quem quer ir além, vou aprofundar as questões, a começar pela aids, a sigla para a síndrome da imunodeficiência adquirida.

O que é aids?

Uma síndrome: que é um conjunto de doenças.

Da imunodeficiência: que ataca o sistema imune.

Adquirida: que nós adquirimos no contato com alguém ou algo contaminado.

No Brasil, o primeiro caso relatado foi na década de 1980. De lá para cá, o Ministério da Saúde estima que 600 mil pessoas estejam infectadas com o vírus da aids, entre elas homens e mulheres de todas as idades, de todas as classes sociais, de todos os estados civis, de todas as raças e, sobretudo, sendo homossexuais, heterossexuais ou bissexuais. Ou seja, todos nós corremos o risco. Todos nós precisamos nos cuidar.

Mais alarmante que saber que todo esse povo é portador do vírus são as estimativas de que cerca de 400 mil pessoas, nesse universo, não sabem que o são. Segundo dados do Ministério da Saúde, dois terços das pessoas que têm o vírus da aids não sabem que o tem. E o que fazer diante disso?

O teste de aids

Fazer o teste. "Ah, mas eu tenho medo de saber o resultado", dizem algumas pessoas. Realmente é difícil lidar com esse tipo de resultado. Ainda mais para quem se expõe frequentemente ao contágio (ou seja, transa sem camisinha). Mas saber o resultado é a única forma de ter consciência do que se passa e se responsabilizar pelo cuidado com a própria saúde e também ser responsável e evitar novas contaminações.

Fazer o teste é fácil: basta ir a um posto de saúde que o ofereça ou a um centro de testagem (ver a lista no site do Ministério da Saúde:

www.aids.gov.br). Também pode ser realizado em laboratórios particulares. Em geral, o teste é feito com a coleta do sangue, e o resultado sai em um mês. Mas já há um teste no qual se colhe uma gota de sangue da ponta do dedo e que oferece o resultado no mesmo dia, em trinta minutos.

Recomenda-se que se faça o teste três meses depois de passar por uma situação de risco. Esse é o período necessário para que o corpo tenha produzido anticorpos suficientes para que sejam detectados pelo teste, comprovando a presença do vírus HIV.

Assim se pega

As situações de risco de pegar o vírus da aids são:

1. **fazer sexo oral, sexo vaginal ou sexo anal sem camisinha;**
2. **compartilhar agulhas e seringas contaminadas;**
3. **receber transfusão de sangue infectado;**
4. **de mãe para filho, inclusive na amamentação.**

Assim não se pega

No entanto, não se pega aids das seguintes maneiras:

1. **no beijo, toque, abraço, aperto de mão;**
2. **ao compartilhar toalhas, talheres, pratos;**
3. **no suor, nas lágrimas;**
4. **ao manter o afeto, o carinho e a atenção.**

Sobre a doença

A pessoa pode ser portadora do vírus (HIV) e não manifestar a doença (aids) por muitos anos. Pode ficar até dez anos com o vírus no organismo, mas sem apresentar os sintomas da doença. Saber que se tem o vírus, quanto antes, favorece o tratamento. Os medicamentos são oferecidos gratuitamente em nosso país, que é mundialmente considerado destaque em políticas públicas de combate e tratamento à aids. Ou seja, dá para se cuidar. Mas isso requer coragem para dar o primeiro passo: fazer o teste.

Alguns dos principais sintomas da fase inicial da aids são:

- **sudorese noturna;**
- **fadiga;**
- **emagrecimento;**
- **diarreia;**
- **infecções por fungos na boca e na região genital;**
- **problemas na gengiva;**
- **úlceras aftosas;**
- **sinusites.**

De quando a doença surgiu até os dias de hoje, muito se evoluiu nas descobertas científicas sobre o que é a aids, como lidar com ela e como evitá-la. Ainda não há cura, mas o doente, quando medicado adequadamente, hoje tem uma qualidade de vida infinitamente melhor que no começo da epidemia, quando receber o veredicto de aids era como receber uma sentença de morte. O panorama hoje mudou muito.

Sobre as grávidas

Quanto às grávidas, é importante que realizem o teste, pois, caso seja detectado o vírus HIV, ainda dá tempo de fazer o tratamento com o intuito de evitar a transmissão para o bebê. O tratamento consiste no uso de medicamentos adequados durante a gravidez, na hora do parto e também depois que o bebê nasce. Esse tratamento também é gratuito.

Fatos e dados alarmantes

No entanto, há sempre a turma "cabeça oca", que, só porque os medicamentos felizmente evoluíram, diz: "Ah, não vou usar camisinha porque, se eu pegar aids, existe remédio". O.k. Existe, sim. Mas não se trata de um resfriado qualquer. É uma doença grave, com um tratamento complexo e que certamente causa um profundo impacto na vida da pessoa. Não é brincadeira. Não dá para olhar para essa questão de forma irresponsável. Isso é coisa de cabeça oca.

Outro dado alarmante: é na faixa dos 25 aos 35 anos que ocorre a maioria dos casos de aids, o que me leva a afirmar que a faixa etária que mais se contamina é a adolescência. Então, não é preciso dizer mais nada: moçada, use camisinha!

Mulheres casadas e a turma da terceira idade também entraram para a lista de dados alarmantes por serem populações em que os casos de contaminação aumentaram consideravelmente nos últimos tempos. Portanto, não há saída: se não tiver coragem para negociar esse preservativo com o(a) parceiro(a) e aprender de vez a usá-lo sempre, essa situação tenderá a piorar. Vocês querem correr esse risco?

Não vale a pena! Nem esse risco nem nenhum outro. Porque há muitos pipocando por aí: de acordo com a Organização Mundial de Saúde, há uma estimativa de que no mundo todo ocorram 340 milhões de casos de doenças sexualmente transmissíveis (DST) ao ano.

As principais DST

No Brasil, o Ministério da Saúde informa o seguinte panorama de casos ao ano:

- **clamídia: 1.967.200;**
- **gonorreia: 1.541.800;**
- **sífilis: 937.000;**
- **HPV: 685.400;**
- **herpes genital: 640.900.**

Isso não é pouca coisa. E essas são apenas algumas das principais doenças.

Saiba mais sobre elas.

Doença: clamídia.

Sinais e sintomas: parecidos com os da gonorreia, como corrimento em cor de clara de ovo e dor ao urinar. Mulheres infectadas podem não apresentar sintomas, mas a infecção pode atingir útero e trompas, causando dor nas relações sexuais e provocando gravidez fora do útero (nas trompas), parto prematuro e esterilidade.

Formas de contágio: sexo oral, anal e vaginal sem ca-

misinha, da grávida contaminada para o bebê.
Tratamento: ida ao médico e uso de medicamentos.

Doença: gonorreia.

Sinais e sintomas: ardência e dificuldade para urinar, corrimento amarelado e esverdeado, ou até mesmo sangue, saindo do canal da urina do homem ou da vagina da mulher.
Formas de contágio: sexo oral, anal e vaginal sem camisinha, da grávida contaminada para o bebê durante o parto, o que pode afetar gravemente os olhos da criança, levando à cegueira.
Tratamento: ida ao médico, diagnóstico e uso de medicamentos.

Doença: sífilis.

Sinais e sintomas: inicialmente uma pequena ferida nos órgãos sexuais (cancro duro) e ínguas (caroços) na virilha, que depois de um tempo desaparecem deixando a pessoa com a falsa sensação de cura. Se não for tratada, pode evoluir para manchas em várias partes do corpo, queda de cabelos, cegueira, doença do coração, paralisia e, em grávidas, causar aborto ou malformação do feto.
Formas de contágio: sexo oral, anal e vaginal sem camisinha, transfusão de sangue contaminado, da grávida infectada para o bebê.
Tratamento: ida ao médico, que fará os exames necessários e poderá recomendar o uso de antibióticos para o tratamento.

Doença: HPV (sigla de papilomavírus humano).

Sinais e sintomas: verrugas e lesões nos genitais internos e externos. Há relatos de lesões na garganta, que são fruto do sexo oral sem camisinha. Está relacionado a alguns tipos de câncer, principalmente de colo de útero, no pênis e no ânus, homens que têm a doença muitas vezes não apresentam sintomas visíveis a olho nu, o que amplia as possibilidades de transmissão.

Formas de contágio: sexo oral, anal e vaginal sem camisinha, contato com a pele contaminada, mesmo quando as lesões não estão visíveis a olho nu, por meio de objetos como toalhas e roupas íntimas, bem como uso de vasos sanitários ou banheiras.

Tratamento: ida ao médico para destruir o tecido doente. Há uma variedade de métodos para fazer isso, como o químico (aplicação de uma espécie de ácido) e a remoção cirúrgica das verrugas.

Doença: herpes.

Sinais e sintomas: bolhas e feridas principalmente na boca e na região genital, que ardem e coçam, e que aparecem e depois somem sozinhas, de tempos em tempos, dependendo de estresse, cansaço, esforço exagerado, febre, exposição ao sol, traumatismos e menstruação. O vírus permanece para sempre no organismo.

Formas de contágio: sexo oral, anal e vaginal sem camisinha. A doença é bastante contagiosa e a transmissão ocorre quando as bolhas se rompem e eliminam o líquido de seu interior, que, ao entrar em contato com boca ou região genital do(a) parceiro(a), pode provocar a contaminação.

Tratamento: uso de medicamentos antivirais para tornar a transmissão e as manifestações (bolhas e feridas) menos intensas e frequentes, não furar as bolhas, lavar bem as mãos e evitar contato direto com outras pessoas.

Como se prevenir?

Quanto às formas de prevenção, aqui vai uma lista com cinco atitudes fundamentais:

1. CAMISINHA Usar camisinha no sexo anal, vaginal e oral, bem como a camisinha feminina no sexo oral na mulher;
2. AUTOEXAME Realizar frequentemente o autoexame dos genitais, verificando se a cor, a aparência, o cheiro e a pele estão saudáveis. Caso haja algo incomum, procurar o médico;
3. IDA AO MÉDICO Ir ao médico (ginecologista para a mulher; urologista para o homem) periodicamente, a cada seis meses ou uma vez por ano, para a realização de exames de rotina, a fim de verificar a presença de infecções ou alguma das DST;
4. HÁBITOS DE HIGIENE Lavar as mãos antes e depois de manusear os genitais (seus ou de quem está com você) é um hábito de higiene que muitas pessoas esquecem, mas necessário. Além disso, lavar o pênis com atenção às secreções que se acumulam em torno da glande (a cabeça) evita infecções. O mesmo com a vagina, que requer atenção para evitar transportar algum resíduo de fezes para a abertura do canal vaginal;
5. ESCOLHA DA PARCERIA Eu sei que "a fila anda" (ou corre!). Em todas as idades. Mas cuidado com a falta de critério dessa fila. Escolher bem a pessoa para se relacionar, beijar, trocar carícias, transar é uma atitude saudável para o corpo e a cabeça.

Uma vacina

Para o HPV, há uma vacina disponível no mercado desde 2006, mas ela só dá resultados para quem nunca foi infectado pelo vírus. Tem sido bastante recomendada para adolescentes antes de iniciar a vida sexual. A vacina é capaz de prevenir a infecção pelos dois tipos mais comuns de HPV, responsáveis por 90% das verrugas, e também pelos dois tipos mais perigosos, relacionados a 70% dos casos de câncer de colo de útero. Detalhe: o câncer de útero mata uma mulher por hora no Brasil. Evitar o HPV e ficar de olho para, caso apareça, fazer logo o tratamento é uma atitude responsável, sábia e altamente cuidadosa para com sua saúde.

Sobre a camisinha

Muita coisa acontece de complicado e nada saudável por aí. Vale a pena, então, repetir mais uma vez algumas informações básicas sobre a camisinha. Eu sei que a mídia, os educadores e as campanhas falam toda hora (eu mesma falo o tempo todo nas palestras, no programa de TV, por todo lugar). Mas acredito que, devido à gravidade do panorama das DSTs e da aids no Brasil e no mundo, nunca é demais dar dicas sobre o uso da camisinha. Aí vão elas:

> **ESTRAGOU, JOGUE FORA!** Camisinha tem data de validade. Verifique a data na embalagem e evite deixá-la na carteira por muito tempo, para não correr o risco de danificá-la;
> **VARIOU, VISTA OUTRA!** A camisinha usada para o sexo anal precisa ser trocada no caso de, após essa prática, o casal resolver fazer penetração vaginal, pois as bactérias que habitam o ânus podem ser transportadas para a vagina, provocando infecções;
> **USE A FEMININA TAMBÉM!** Deve-se usar camisinha também no sexo oral: no homem, isso já está superdivulgado (tem até aquela brincadeira de "chupar bala com papel"); mas é preciso usar na mulher também, e a indicada para isso é a camisinha feminina;
> **E UMA DE CADA VEZ!** Só usar uma camisinha por vez. Vestir uma por cima da outra, ou usar a camisinha masculina e a feminina ao mesmo tempo, não aumenta a proteção. Ao contrário, diminui, pois o atrito de ambas faz com que elas se rompam com facilidade.

Muita gente já sabe como colocar a camisinha masculina. E a feminina? Não é tão difícil assim. Aí vai um passo a passo de ambas.

Como usar

A camisinha feminina

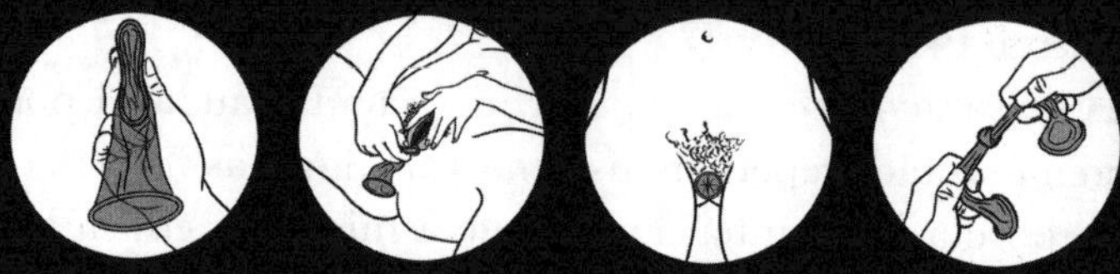

- Aperte o anel flexível interno com os dedos polegar e médio.
- Introduza a camisinha feminina na vagina antes de qualquer contato sexual: penetração, sexo oral ou até mesmo roçar o pênis na vagina.
- O anel externo deve ser deixado cobrindo os grandes lábios.
- Após a ejaculação, retire-a com cuidado para não vazar o sêmen, dê um nó e jogue-a no lixo. Use só uma vez a camisinha.

A camisinha masculina

- Segure a ponta da camisinha, retirando todo o ar.
- Desenrole a camisinha com o pênis ereto, antes de qualquer contato do mesmo com a vagina, o ânus ou a boca.
- Retire-a do pênis com cuidado assim que ocorrer a ejaculação, para não correr o risco de o esperma vazar. A camisinha só pode ser usada uma vez.
- Dê um nó na ponta e jogue-a no lixo.

Jovens, adultos e idosos precisam usar camisinha em todas as relações sexuais. Mas infelizmente muita gente ainda resiste ao uso, colocando-se em risco (e muitas vezes se infectando).

Os equívocos

Há crenças que só atrapalham o uso de camisinha. Muitas vezes são fruto de falta de informação, mesmo com as campanhas que existem. Em alguns casos, não há o que faça a pessoa se convencer a usá-la. E ela acaba criando ideias equivocadas.

Mito 1 – Um confia no outro, aí a gente não precisa usar

É um engano, porque a aids e várias outras doenças sexualmente transmissíveis, como o HPV, não são transmitidas só pelo sexo, o que seria evitado em casais que não têm nenhuma doença e se dizem superfiéis. Ou seja, pode-se pegar doença sexualmente transmissível por outras vias, como compartilhando objetos infectados. E também é possível ter o vírus por muitos anos e não saber. Resumindo: mesmo em namoros e casamentos com alto grau de confiança, é importante usar a camisinha. Essa é uma atitude de respeito de um pela saúde do outro – e por si próprio.

Mito 2 – A camisinha me arde, eu não nasci para usá-la

Erro, erro, erro! Todas as pessoas precisam usar, mas homens e mulheres às vezes apresentam alergia ao látex da camisinha masculina. Então, uma opção é experimentar outras marcas, pois pode ser que o organismo tenha reações diferentes e que uma delas não cause alergia. Se isso não ocorrer, é o caso de experimentar as mais simples de todas, sem lubrificante, sem aroma nem sabor. Se ainda assim não resolver, a dica é optar pela camisinha feminina, que é feita de outro material, o poliuretano, uma espécie de plástico extrafino. No meio desse caminho, vá ao médico (urologista para os homens, ginecologista para as mulheres) para verificar se é isso mesmo que está provocando a alergia ou se há algo mais, como alguma das DSTs, atrapalhando seu divertimento. Aí, é só tratar com o médico e ser feliz.

Mito 3 – Usar camisinha diminui meu prazer e minha ereção

O material da camisinha, feminina e masculina, é extrafino. Será mesmo que, na hora da penetração e de todos aqueles movimentos vigorosos, uma camada de látex ou poliuretano extrafino vai atrapalhar as sensações de prazer? Ou será que o que está faltando é o costume de usar a camisinha e a conscientização de que, sem ela, corre-se o risco, sim (e muito), de pegar alguma das DSTs? Quanto à perda de ereção, aqui mais uma vez a prática entra em jogo: sexo se aprende praticando, praticando e praticando. Por que seria diferente com a camisinha? É preciso treinar sua colocação várias vezes para aprender e não se incomodar com isso. Dica: treinar sozinho(a), durante a masturbação.

Mito 4 – Não tenho dinheiro para ficar comprando camisinha

E não é preciso gastar com isso mesmo. O Ministério da Saúde dá camisinha de graça. A distribuição é feita nos postos de saúde de todo o país. Claro que é necessário buscar com frequência e ter coragem, caso seja meio envergonhado(a) para fazer isso. Mas é de graça. Aproveite e tenha muita saúde em sua vida sexual.

Gravidez e como evitá-la

Engravidar deriva do latim *gravis*, um adjetivo que significa "pesado, poderoso, importante, sério". Engravidar é tudo isso e mais um pouco. Na adolescência, então, bota complicação nessa história!

São inúmeras as causas que levam uma menina a engravidar. Não estou falando apenas de falta de informação, como se costuma supor. Há motivos e significados mais complexos, mais camuflados, que talvez a própria grávida nem se dê conta que os tenha. Um deles:

muitas vezes a jovem quer se sentir adulta logo, para cuidar da própria vida, ou sair de casa, ou por outra razão qualquer. Ter um filho pode parecer ser esse "passaporte".

Em outros casos (comum em mulheres adultas também), o bebê aparece como possibilidade de selar a união do casal, ou promover a união. Sabe-se que é uma tarefa enorme para uma criança, e que em geral essa ideia traz mais complicações que o preenchimento dessas expectativas iniciais de aproximação do casal. No entanto, muitas vezes se aposta nessa gravidez, até mesmo sem perceber.

As "sabotagens" nossas de cada dia

Esquecer de usar adequadamente o método contraceptivo, por exemplo, pode ser uma maneira de, sem ter consciência disso, sabotar a prevenção e abrir as portas para a gravidez. Isso é comum. Acontece com muita gente.

E o que fazer para evitar essas sabotagens? Um bom começo pode ser o que está sendo feito: olhando para questões como essas, refletindo a respeito delas, pensando em quais seriam os motivos mais escondidos para querer engravidar, mesmo que o mundo ao redor (e nós mesmas, conscientemente) diga que essa gravidez seria fora de hora.

O desafio é se perguntar, se investigar a fundo. E se policiar. Olhando dessa maneira, a parte prática da coisa, que é ir ao ginecologista e escolher com ele um método para evitar a gravidez, parece que se torna algo muito mais simples.

Mas é bem simples, sim!

Como evitar a gravidez

Segundo os médicos, uma das práticas infalíveis para evitar a gravidez é aliar o uso de camisinha (que previne contra as DSTs) a um método anticoncepcional.

Os métodos mais usados para evitar a gravidez são:

PÍLULA DE USO DIÁRIO: uma cartela em que a mulher toma uma pílula todo dia, no mesmo horário, e dá um pequeno intervalo ao final da mesma (de três a sete dias, dependendo do produto). Contém hormônios sintéticos que evitam a liberação dos óvulos;

INJEÇÃO HORMONAL: há a opção de uma dose que vale por um mês ou a que previne a gravidez por três meses. Impede a ovulação e causa alterações no endométrio, impedindo a gravidez;

DIU (DISPOSITIVO INTRAUTERINO): dispositivo colocado pelo médico no interior do útero e com validade variável, requer acompanhamento médico periódico, mata ou diminui a movimentação dos espermatozoides.

Esses são apenas alguns métodos. Para saber qual será o mais adequado, é preciso verificar com o ginecologista. Pode ser que a mulher experimente um método e não se adapte a ele: menstrue fora de época, sinta inchaços, queixe-se de aumento de peso e desconfortos variados. Por isso é necessário ir ao médico. Com o acompanhamento profissional, vai sendo verificado, aos poucos, qual método é o mais indicado. O que a amiga, a cunhada, a vizinha ou a tia usam pode não ser o mais indicado para seu caso. Se cada pessoa é única, então cada caso é um caso.

Menos usados, existem ainda:

DIAFRAGMA: anel flexível coberto por uma membrana de borracha que a mulher introduz na vagina quinze minutos antes da penetração, para cobrir o colo do útero, fazendo uma barreira que impede os espermatozoides de entrar. Há vários tamanhos e é o ginecologista quem medirá o colo uterino e indicará o tamanho certo. Deve ser retirado só de seis a oito horas após a penetração. Pode ser lavado, guardado e reutilizado diversas vezes, é eficaz se usado com espermicida;

ESPERMICIDA: espécie de geleia ou creme que mata ou imobiliza os espermatozoides, impedindo que entrem no colo do útero. Deve ser colocado na vagina antes da penetração e a mulher não pode se levantar para não escorrer. É bem eficaz se usado com o diafragma.

Há também os métodos definitivos para evitar a gravidez, indicados apenas para quem já teve filhos, está na fase adulta e certa(o) de que não deseja mais tê-los. São eles:

VASECTOMIA: intervenção cirúrgica em que se corta o canal deferente, localizado na região genital masculina, impedindo que os espermatozoides saiam dos testículos. O homem ejacula, mas apenas líquidos da próstata e das vesículas seminais, sem espermatozoides;

LAQUEADURA: cortam-se e/ou amarram-se as trompas (tubas uterinas) da mulher evitando o contato do óvulo com o espermatozoide.

Há métodos que têm alta margem de falha e, justamente por isso, não são recomendados. São eles:

COITO INTERROMPIDO: é a retirada do pênis da vagina antes da ejaculação. Falha porque, antes mesmo de ejacular, o homem libera uma gota de líquido lubrificante que já pode conter espermatozoides e engravidar a mulher;

TABELINHA: é não transar no período fértil, que compreende o dia da ovulação, os três dias anteriores a ela e os três dias depois. Falha porque é comum as pessoas errarem nas contas, ou terem um ciclo irregular, em que não se dá para prever ao certo o dia da ovulação;

MUCO CERVICAL: é não transar no período em que aparece uma secreção que vem do colo do útero, sinal de que a mulher está no período fértil. Depois da menstruação, a vagina apresenta uma secreção fluida que, aos poucos, se torna um muco claro, lubrificante e, ao se esticar entre os dedos, parece um fio elástico. O método falha porque é difícil identificar ao certo esse muco.

Algumas crenças equivocadas também atrapalham.

É SÓ LAVAR QUE NÃO PEGA NADA. Pega, sim. Tanto doenças sexualmente transmissíveis como gravidez. Depois que ocorreu a ejaculação dentro da vagina, não adianta lavar bem para evitar a gravidez (ou as doenças). O risco já existe.

GOZAR PERTO DA VAGINA NÃO ENGRAVIDA. Engano. Ejacular nas proximidades da vagina oferece risco de gravidez: pode ser que um pouco de sêmen chegue até a abertura da vagina e, assim, os espermatozoides consigam começar seu caminho até o óvulo.

E a pílula do dia seguinte?

PÍLULA DO DIA SEGUINTE: é um método de evitar a gravidez para ser usado apenas em situações de emergência. Por exemplo: o casal não usa nenhum outro método anticoncepcional para evitar a gravidez, apenas a camisinha. No entanto, numa relação, a camisinha se rompe. Ou escapa e fica dentro da vagina (para retirar é só introduzir o dedo). Então, é possível que tenha ocorrido contato com o sêmen e há risco de gravidez. Nesse caso, a pílula do dia seguinte deve ser tomada o mais rápido possível. Quer dizer, no mesmo dia ou em até 72 horas após essa transa. Passado esse tempo, há risco de engravidar. Detalhe: a pílula do dia seguinte não é um método para ser usado várias vezes ao mês, pois a alta dosagem pode ser prejudicial ao corpo feminino e provocar náuseas, enjoos, vômitos e alterações menstruais intensas.

Casos (muito) delicados

A pílula do dia seguinte também é recomendada para casos em que a mulher é vítima de sexo sem consentimento (estupro). Mas essa questão é muito delicada (e sofrida ao extremo), o que requer cuidados especiais, como a ida imediata a um hospital ou posto de saúde para atendimento médico (que inclui administrar a pílula do dia seguinte e o que for necessário para o combate às DSTs). É importante também buscar atendimento psicológico e comunicar à polícia.

Os sinais de gravidez

Depois de aprender tudo isso e praticar o que julgar necessário e adequado, muitas vezes fica uma pergunta: como saber se a mulher não está grávida? Dá para desconfiar pelos seguintes sinais:

- **a menstruação atrasa e não vem (esse é o principal sinal);**
- **o corpo fica dolorido e um pouco inchado, em especial os seios;**
- **a garota começa a sentir mais cansaço e sono ao longo do dia;**
- **ela sente alguns enjoos que surgem sem explicação.**

Fazendo o teste

Para confirmar, é só fazer o teste, que já dá resultado a partir de uma ou duas semanas de gravidez. Há três tipos:

DE FARMÁCIA – Vendido em farmácias, você colhe uma gota de urina e o resultado sai em meia hora aproximadamente. Pode ser feito logo nos primeiros dias de atraso menstrual, o que corresponde a mais ou menos duas semanas de gravidez.

DE SANGUE – Você vai ao médico ginecologista e ele a encaminha para um laboratório, para fazer um exame de sangue. É considerado o método mais seguro e pode detectar a gravidez em até uma semana após a concepção. O resultado sai de acordo com o prazo do laboratório.

DE URINA – Pode ser feito a partir do primeiro dia de atraso da menstruação. É o laboratório que examina a sua urina e o resultado sai de acordo com o prazo do mesmo.

E se der positivo?

No caso de gravidez na adolescência, o primeiro passo é procurar um adulto de confiança e conversar a respeito, pois dá um medo enorme, bate um desespero. E é preciso dividir essa novidade gigantesca e transformadora com alguém. Ao mesmo tempo, é importante ir ao ginecologista para verificar como estão a saúde e a gravidez, além de esclarecer muitas dúvidas.

No entanto, grande parte das jovens faz outros caminhos mais complicados. Primeiro se desespera. Isso é natural, pois não é fácil encarar uma gravidez na adolescência (e muitas vezes na fase adulta também não é). Só que, em vez de procurar um adulto de confiança para conversar sobre os medos, as angústias e as preocupações, muitas vezes já opta por encurtar o caminho e interrompe a gravidez.

O aborto

Aborto é uma prática não legalizada no Brasil. Muitas meninas se desesperam e fazem loucuras, como introduzir agulhas de crochê ou materiais pontiagudos na vagina, a fim de chegar ao útero e interromper a gravidez, tomar medicamentos cujos efeitos colaterais incluem aborto, e outras atitudes que podem colocar a vida em risco. Isso é grave.

Claro que aborto é uma decisão pessoal, apesar de não legalizado no país: só é permitido em casos de estupro ou quando a gravidez coloca em risco a vida da mãe. Mas é preciso muita calma nessa hora. Deve-se procurar um adulto de confiança para conversar, orientar-se, acalmar-se. Ir a um médico para esclarecer as dúvidas e verificar a saúde no momento. Agir "na loucura" costuma ser uma péssima ideia.

A família

Quanto à família da jovem que engravida – e também a do pai do bebê –, vale entender que gravidez na adolescência é tema polêmico, cheio de valores, ideias e jeitos de lidar dos mais variados.

Mas a garota e o garoto, a futura mãe e o futuro pai, precisam de atenção, cuidados, conversas, apoio para aprender a lidar de forma responsável com essa nova situação de vida. Será um desafio para todos, para a grávida, para o pai do bebê, para os familiares de ambos. E é importante lembrar sempre: mesmo que o casal não esteja mais junto, essa criança tem mãe e pai. Esse vínculo é indissolúvel.

Outro dia, numa ação que fiz para adolescentes aprendizes em uma renomada empresa brasileira, sugeri uma dinâmica de grupo em que a proposta era realizarem encenações de temas polêmicos na adolescência, como a descoberta de uma gravidez. Ouvi algo de um garoto que resume bem o que eu gostaria de dizer aqui. Ao interpretar um jovem de quinze anos que havia descoberto que tinha engravidado uma garota, disse a ela: "A gente não está namorando, mas eu quero estar sempre por perto. Eu não gostaria que meu pai tivesse me abandonado só porque ele era adolescente ou porque não estava mais com minha mãe".

Muito interessante o raciocínio dele. Colocar-se no lugar do outro pode ser uma forma de nos orientar sobre o que fazer nas mais variadas situações. Perguntar-se "e se fizessem isso comigo?" é um jeito de olhar para as relações de forma mais madura, responsável e humana.

Isso vale para o adolescente e a adolescente que terão um bebê. Vale também para seus familiares. Como cada um gostaria de ser tratado nessa hora, se estivesse no lugar dos jovens "grávidos"? Essa é uma boa pergunta (e delicada).

Ter bebê não é brincar de boneca!

Talvez uma forma de nos conscientizarmos a evitar a gravidez na adolescência seja pensar que ter um filho não é como brincar de boneca, por mais lindinho e fofo que pareça o bebê. Isso requer cuidados especiais, atenção, carinho, dedicação. E transformará todo o projeto de vida do adolescente.

Outros projetos

Adolescência é uma fase para lidar com os dilemas (e os projetos) que foram citados no começo deste capítulo.

1. **SABER QUEM EU SOU.**
2. **FAZER DESCOBERTAS SEXUAIS.**
3. **RUMAR PARA AS ESCOLHAS PROFISSIONAIS.**

Isso já é tarefa de sobra.

Ser pai e ser mãe pode – e deve – ficar para outra época, outra fase, que é a idade adulta. Essa fase vai chegar. Logo, logo.

A gente não precisa apressar (mais) a vida.

O afeto e o prazer

Chegamos ao fim deste capítulo. Falamos de doenças e mais doenças, de responsabilidades e mais responsabilidades, de gravidez fora de hora e de muitas questões delicadas em torno do sexo.

Vamos, então, falar de prazer. E de afeto.

Sim, sexo pode ser muito prazeroso!

E tudo pode começar muito antes do ato em si: já se inicia com a troca de olhares, a paquera, o encontro, o beijo na boca, os abraços, a troca de carícias, os toques cada vez mais eróticos.

A receita básica

Qual seria a receita para ser cada vez mais prazeroso?

Não há. Cada pessoa precisa descobrir seu caminho, fazer suas escolhas, experimentar, rever, escolher de novo.

É assim que funciona.

O respeito

Acredito apenas que uma palavra precisa fazer sempre parte de nosso repertório: respeito. Respeito a si próprio(a), a seus desejos, a suas fantasias, a seu jeito de ser, a seus limites, a suas ideias, a suas convicções, enfim, a sua essência. E respeito mútuo: respeito a tudo isso em relação à pessoa que está a nosso lado. Talvez esse seja o segredo para ser feliz no sexo e nos relacionamentos em geral.

Ninguém nasce sabendo

Ninguém começa a vida sexual sabendo exatamente o que fazer. Paga-se muito mico pelo caminho afora. E será assim a vida inteira. A cada fase, surgem novas descobertas, novos desafios, novos prazeres e também novas dificuldades. É a dinâmica da vida, é nosso processo de desenvolvimento como seres humanos.

Perfeição?

Não dá para esperar perfeição. Nem exigir dos outros. Não somos deuses. Somos humanos. E falhamos, sim, com todo o direito.

Deixar as cobranças de lado e essa perseguição da perfeição pode ser uma boa dica para encarar as questões sexuais e amorosas (e a vida como um todo) de forma mais leve e saborosa. Esse é mais um desafio, principalmente num mundo com padrões cada vez mais rígidos, mais absurdos, mais enlouquecidos em busca dessa impossível perfeição.

Só que somos seres únicos. Podemos fazer diferente. A vida de cada um é de cada um. Cada pessoa pode fazer suas escolhas, informar-se, pensar, repensar, ver, rever, dar novos significados ao jeito de ser e de se relacionar com o mundo ao redor.

Talvez esta seja uma boa regra:

- **Crie suas próprias regras – e reveja-as sempre.**
- **Seja você! Em qualquer fase da vida, nas mais variadas situações. Esse pode ser o caminho para viver relações cada vez mais intensas, significativas, verdadeiras e extremamente prazerosas.**

E o que mais?

O capítulo seguinte tratará da entrada no mundo adulto e continuaremos a seguir o caminho das dúvidas, das angústias, das dificuldades, mas também dos prazeres, das alegrias e das possibilidades.

Esse é um fluxo contínuo, por toda a vida. Se você é adulto e está passeando por aqui para saber mais sobre o universo adolescente, acredito que seja uma boa oportunidade para pensar em si mesmo e no adolescente que você foi um dia.

E agora é a vez de olhar para sua fase, que virá a seguir.

No entanto, se você é adolescente, talvez valha espiar nas páginas seguintes o que mais pode estar esperando você.

Capítulo 3

Sexo aos 20, aos 30, aos 40
IDADE ADULTA

As pessoas me perguntam muito sobre a importância do sexo na vida dos homens e das mulheres e sobre a interferência de tudo isso nos relacionamentos a dois.

Varia. E só quem pode responder a isso ao certo é cada pessoa.

Mas há algo sobre o qual eu costumo conversar sempre com meus pacientes no consultório quando o assunto (ou a reclamação) é sexo. Eu uso uma metáfora que, acredito, explica bem a forma como compreendo a relação do sexo com nossa vida como um todo.

Uma metáfora

Imagine que você seja como o globo terrestre. Dentro desse globo (dentro de você), há continentes cheios de países. São diferentes, mas todos fazem parte de você, do globo terrestre. E se comunicam entre si, interferindo um no outro: o que ocorre num país afeta os outros de alguma forma, em alguma medida, e assim por diante. Agora imagine que cada país é um aspecto, ou um setor, ou uma área de sua vida: o sexo, a vida a dois, o trabalho, a vida social, a família, o lazer, a saúde, o jeito como você trata a si mesmo(a), seus valores, suas crenças, o amor, os desejos e tudo o que existe em sua vida. Ou seja, tudo está interligado, de certa forma, em certa medida.

Como os países no globo terrestre. E, se algo vai mal fora da cama, pode ser que interfira no sexo, por exemplo. E vice-versa: se algo está mal no sexo, pode ser que contamine outros setores de sua vida. Ou seja, a "crise" em um dos países acaba afetando os países vizinhos, ou todos os países do globo. Vale ressaltar que sexo é apenas um dos países. Não todos. Ou seja, temos vários aspectos na vida – e todos têm sua importância. Em alguns momentos, uns ganharão mais destaque, outros menos. A vida é assim. Essa é a dinâmica da vida, do ser humano. Mas, mesmo meio esquecido por um tempo, cada aspecto é importante.

E agora um bate-papo sobre o aspecto sexo.

Como funcionamos na cama?

Para saber sobre isso, é preciso falar sobre o que os especialistas chamam de resposta sexual humana, que é a forma como o corpo de cada um sente prazer sexual.

A resposta sexual

Em linhas gerais, homens e mulheres funcionam na cama da seguinte forma – é a resposta sexual humana:

DESEJO – Ver uma cena excitante, ter uma lembrança que estimula, sentir um cheiro, um toque ou qualquer outra coisa que o corpo entenda como um estímulo erótico. Pensar em sexo ao longo do dia e fazer planos para a relação mais tarde também pode ser um poderoso estímulo. Tudo isso dá um pontapé inicial na história. É o mecanismo do desejo, a primeira fase da resposta sexual humana: a informação desse estímulo erótico chega ao cérebro, que o decodifica e começa a disparar as reações corporais que virão a seguir;

EXCITAÇÃO – Essa é a fase das alterações corporais mais visíveis. As principais são: no homem, ocorre a ereção (fruto de um mecanismo que faz o pênis se encher de sangue e, com isso, ficar duro); na mulher, a vagina se aprofunda, se alarga e se lubrifica para receber o pênis. Começam outras mudanças: os batimentos cardíacos se aceleram, os pelos do corpo se eriçam, os mamilos (ponta dos seios) ficam rijos, o clitóris também se enrijece, os lábios vaginais se incham e a atenção se volta para essas sensações corporais, que são as primeiras reações de prazer, de estimulação. É a fase da excitação, a segunda etapa da resposta sexual humana, que tem duração de tempo variada, dependendo de cada pessoa, de cada casal. Quanto mais a pessoa, ou o casal, se estimula, mais intensa será a excitação. Até chegar ao ápice, que é a próxima fase da resposta sexual;

ORGASMO – Esse é o ponto mais alto da excitação, o tão famoso e procurado clímax. Quando as sensações prazerosas se intensificam, homens e mulheres experimentam o orgasmo, uma espécie de descarga de tensão seguida de um profundo relaxamento. Dura entre oito e dez segundos e consiste em contrações que ocorrem em intervalos curtíssimos, de 0,8 segundo, e percorrem toda a região genital masculina e feminina. Na mulher, as contrações envolvem útero, canal vaginal, abertura da vagina, clitóris e proximidades. No homem, envolvem testículos, próstata, pênis e todas as proximidades. Essas contrações no homem, além de prazerosas, caracterizando o orgasmo, também promovem a emissão do esperma, que é a ejaculação. Essa é a terceira fase da resposta sexual;

RESOLUÇÃO – Entramos aqui na fase de um profundo relaxamento, que é experimentado após o orgasmo, seja do homem, seja da mulher. É a quarta e última etapa da resposta sexual. E o momento em que dá vontade de descansar, dormir. É como um chamado corporal para se aquietar – e saborear as sensações anteriormente vividas e o momento atual de forma tranquila, prazerosa. É o finalizar de um ciclo. Nesse período, o corpo fica literalmente quieto. Não adianta querer estimular o parceiro ou a parceira, pois o corpo não entenderá essas carícias como algo erótico nesse momento. Nesse período, portanto, não ocorrem as reações da fase da excitação: que é a ereção do homem ou a lubrificação e a preparação da vagina da mulher para receber o pênis. É hora de descansar. Por quanto tempo? Varia muito. O homem adulto jovem, assim como a mulher, pode precisar de meia a uma hora. Ou um pouco menos, ou um pouco mais. Com o passar dos anos, esse tempo se prolonga e, na velhice, pode se estender para um dia ou mais. O corpo funciona assim. E aceitar as coisas como elas são é o primeiro passo para ser mais feliz na cama.

Ciclo da resposta sexual humana

Os pontos eróticos

As pessoas se interessam muito em saber quais são os principais pontos eróticos do homem e da mulher, tudo com o intuito de se satisfazer um pouco mais e, ao mesmo tempo, conhecer melhor o parceiro ou a parceira.

Existe mapa?

Eu poderia traçar aqui um mapa dos pontos do corpo do homem e do corpo da mulher. E sabe como seria esse mapa? Repleto de pontos por todo o corpo, sem deixar de situar um espaço sequer. Isso significa que todo o nosso corpo pode ter pontos eróticos, as zonas de prazer. Descobri-los é que é a sacada. E pode ser uma experiência maravilhosa.

Ou seja, cada pessoa tem seu mapa, tem seu jeito de ser. E isso pode variar de acordo com a fase da vida, o dia a dia que está vivendo e a companhia com quem está dividindo a cama. Cada pessoa funciona de um jeito – e cada casal idem. Mudou o casal, pode ser que surjam novos jeitos de sentir prazer, novas maneiras de estimular determinados pontos, novas descobertas.

Não existe receita pronta!

Falei essa frase de novo! Não dá para ficar sem citá-la.

O homem e seu corpo erótico

Entretanto, muitos homens acham que tudo o que importa é ele – o supremo, o maravilhoso, o especial e tudo de bom pênis. Está certo: o pênis é o principal órgão de prazer masculino, sim. E a glande (a cabeça do pênis) é uma das áreas mais sensíveis aos toques eróticos. Mas o corpo masculino não se resume só ao pênis. Há muito mais. E pode ser bem gostoso sentir toques em outras zonas erógenas além do pênis, como:

• os testículos; • a virilha; • a barriga;
• o tórax; • o pescoço; • a boca;
• as orelhas; • a cabeça; • a nuca;
• as costas; • os braços; • as mãos; • os dedos;
• o bumbum; • as pernas; • os pés...

Enfim, há muita coisa para ser erotizada. É só usar a criatividade e a imaginação.

A mulher e seu corpo erótico

O mesmo vale para a mulher: não há só seios e região vaginal, não. Está certo, o clitóris é o principal órgão de prazer feminino. As carícias no clitóris, fruto do sexo oral, da masturbação, do roçar dos corpos, dos movimentos da penetração ou de outra forma qualquer, se destacam como o principal caminho para levar a mulher ao orgasmo. É verdade. Mas a mulher é mais que o clitóris. Ou a vagina. Ou os seios. E a relação sexual é mais que a busca ensandecida por um orgasmo. A mulher tem uma infinidade de áreas de prazer, uma infinidade de jeitos de sentir prazer e se satisfazer.

Explore tudo isso, descubra seu corpo inteiro:

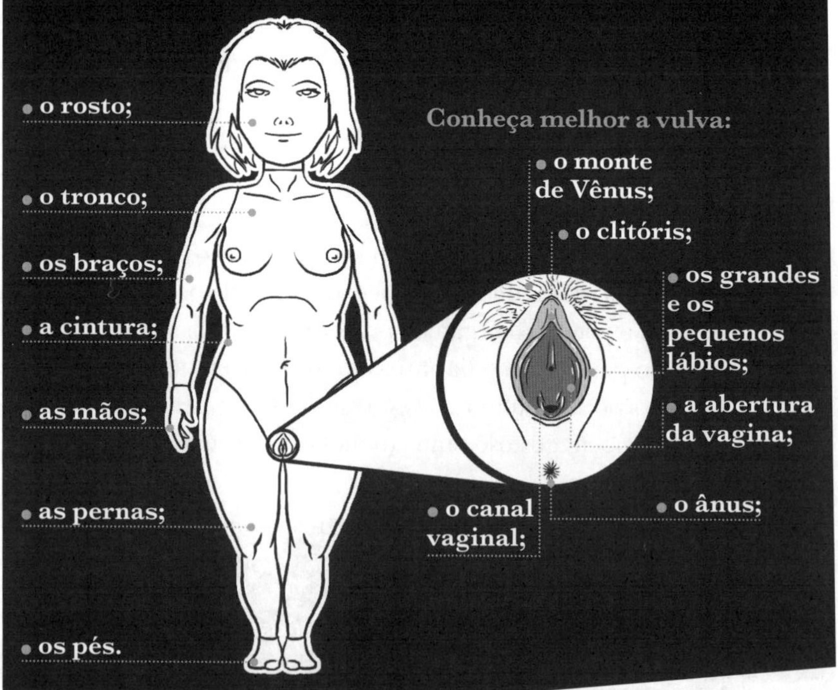

Aproximar-se mais de seu corpo é uma dica básica para aprender a sentir mais prazer na cama. Uma boa maneira de fazer isso é começar sozinha para, depois, contar os segredos de seu mapa erótico para quem está a seu lado. Assim pode ser bem mais saboroso que pegar uma receita pronta, que não é sua, e que na maioria das vezes não costuma ter muito a ver com você.

Essas são as dicas que costumo dar aos homens, às mulheres, aos casais. Não custa experimentar.

Sexo na ficada

Tudo bem transar no primeiro encontro?

E se for só uma ficada?

Qual é o "novíssimo manual de etiqueta" na cama?

Quais são as regras do mundo de hoje?

Essas são dúvidas comuns a homens e mulheres. E lá vou eu com uma resposta que adoro dar: **"Eu é que sei?"**.

Como eu posso responder por você se tudo bem transar com aquela pessoa logo no primeiro encontro ou na ficada? Não é você quem vai transar? Não é a sua vida? Então é você – e só você – quem poderá decidir. Isso é o mais coerente.

Essa história de ficar "seguindo a boiada", fazer o que todo mundo faz, pode não ser a melhor escolha de todas. E se a boiada fizer um caminho de que você não gosta e que lhe faz mal? Vai continuar só porque "todo mundo está indo"? Isso soa esquisito, meio prisão, meio escravidão.

Cada pessoa tem seu caminho, e ele é único. Cada pessoa deve decidir o que faz ou deixa de fazer – e se responsabilizar por suas decisões. Isso é mundo adulto.

Investigando-se

Pese prós e contras, pergunte-se até onde gostaria de ir, investigue do que gosta e do que não gosta. Então, faça suas escolhas e responsabilize-se por elas. Algumas vezes nos damos bem, outras nos damos mal. Isso é a vida! Você é algum deus? Não? Então aceite sua condição humana: ninguém é perfeito. Nós fazemos o que conseguimos, dentro de nossos limites, de nossas possibilidades, e vamos tocando a vida.

É assim nas experiências como um todo – e também no sexo.

Seu manual
- **Experimente o que decidir que quer experimentar.**
- **Faça as regras de seu mundo.**
- **E mude-as sempre que achar que assim deve fazer. Esse será seu "manual de etiqueta" – algo personalizado, escrito por você e feito sob medida para a sua (e só para a sua) vida.**

Sexo no namoro

Quando o assunto é sexo e namoro, as dúvidas que chegam a mim no quadro sobre sexo do programa *Altas Horas*, da TV Globo, ou a meu consultório giram em torno de medos, angústias, preocupações com o(a) namorado(a) e o começo de uma rotina.

As pessoas querem saber como fazer para agradar ao parceiro ou à parceira, como fazer quando um dos dois tem alguma dificuldade sexual, como atender às cobranças que um faz ao outro, como atender às expectativas, como não deixar a relação cair na rotina, pois com o passar do tempo as coisas parecem começar a esfriar. Essas são algumas das principais questões.

Então vamos por partes.

QUERER AGRADAR – Será que é possível agradar ao outro o tempo todo? Acredito que não. Se alguém conhecer uma pessoa que já fez essa façanha, indique-a para o *Guinness Book* – O livro dos recordes. Sabendo dessa dificuldade (ou melhor, impossibilidade), passamos a outra questão: por que é preciso ficar agradando a alguém o tempo todo? Que história é essa? A gente precisa ser o que a gente é. Claro que é necessário ter cuidado, carinho, atenção, dedicação e respeito em relação ao outro, mas tudo isso é bem diferente de querer agradar 100% do tempo, 100% das situações. Não dá. Essa busca não é saudável para ninguém – nem para quem quer agradar, agradar e agradar, nem para quem fica no pedestal para ser venerado, ovacionado.

AS DIFICULDADES – Isso é duro de engolir, mas todo mundo tem uma dificuldade ou outra na cama, em algum momento na vida. Já disse nas páginas anteriores que ninguém é um deus, que ninguém é perfeito. Então, as dificuldades são as mais variadas possíveis. A boa notícia é que há tratamento – e se faz com a parceria de dois profissionais: psicólogo, para tratar das questões emocionais em jogo (pois elas sempre existem), e médico, para tratar das questões orgânicas (ginecologista para as mulheres, urologista para os homens).

AS COBRANÇAS – Socorro! A vida já não é pesada demais? Para que as pessoas invocam com mais cobrança? Isso é totalmente desestimulante – para o sexo, para a relação amorosa de qualquer um. Cobrança não combina com prazer. Tudo bem que você pode ter suas insatisfações em relação à pessoa que está a seu lado. Isso precisa ser conversado com maturidade e tranquilidade. Isso é difícil. Mas ficar cobrando é uma das piores opções.

AS EXPECTATIVAS – Sem elas, não vivemos. Não somos seres humanos. Pois é: mulheres – e homens também – têm expectativas. Em relação ao sexo, à vida a dois, ao trabalho, aos amigos, a tudo. Faz parte da vida. O problema é quando a cabeça viaja muito e encasquetamos com algo que tem de ser do jeito que a imaginação está mandando. E dá-lhe imaginação! Não basta ser um namorado de carne e osso. Tem de ser um príncipe encantado. Não basta ser uma namorada como qualquer outra mulher. Tem de ser a Mulher Maravilha. Isso é, obviamente, impossível. Resumindo: expectativas todo mundo tem, mas é preciso ficar de olho nelas para não viajar demais – e estragar algo que poderia ser muito bacana, como o namoro (e o sexo) de vocês.

A ROTINA E O ESFRIAMENTO – É natural, com o passar do tempo, ir se acostumando com o outro, ganhando mais intimidade, descobrindo mais os modos de lidar com a pessoa que está a nosso lado. Aquela agitação do começo, em que tudo era novo, vai mesmo dando lugar a uma rotina, em que se elegem algumas coisas para repetir, para fazer sempre. Isso todo mundo já sabe. Então por que incomoda tanto? Será que é a rotina que incomoda ou são as coisas que a gente acaba repetindo e repetindo sem gostar? Eu gosto de chocolate. Se a dieta permitisse, eu incluiria uma barra gigante em minha rotina diária. Vocês gostam do que no sexo? E na vida a dois? Por que não incluem (ou reincluem) isso na rotina? Talvez seja um caminho para mandar para bem longe essa ideia de que "as coisas esfriam" com o passar do tempo. Não é fácil reaquecer a vida a dois. Mas só quem pode encontrar os caminhos para isso – e a motivação – é o próprio casal. Encarar esse desafio pode ser transformador.

Sexo no casamento

Não, o casamento não precisa ser o túmulo do sexo, como muitas pessoas perguntam. Dá para ter uma vida sexual movimentada e prazerosa durante um relacionamento fixo e cheio de responsabilidades. Exige olhar atento para algumas questões, claro. Aqui, algumas delas:

NAMORAR – Diversas vezes nos casamos e deixamos para lá o namoro com tudo o que ele tinha de bom. Essa é uma bobagem que muitas vezes cometemos. Estou falando de parar de ter aquelas atitudes gostosas um com o outro, que o casal tinha quando estava namorando, antes de oficializar a história do casamento. O que vocês gostavam de fazer a dois e deixaram para lá nessa nova vida? Será que é possível, de alguma forma, resgatar essas práticas? Ou adaptá-las para o momento atual? O importante é abrir espaço para "namorar", ou seja, viver o amor de vocês. Isso pode trazer uma boa dose de romantismo – e de desejo sexual – para a vida a dois;

TRANCAR A PORTA – O casal muitas vezes tem filhos. E o espaço da casa é compartilhado com a família. Mas sexo precisa de clima, um local com a porta trancada, para que o casal viva aquele momento realmente a dois, sem preocupação de alguém o surpreender, por exemplo. Isso parece pouca coisa, mas não é. Para se dedicar ao prazer, é importante abrir um espaço exclusivamente para isso. E não deixar que nada, nem ninguém, o invada na hora da relação. Isso é um desafio. No entanto, essa atitude pode ser transformadora;

ALÉM DAS OBRIGAÇÕES – Contas para pagar, muitas tarefas, agenda lotada de compromissos profissionais, eventos com a família, pendências com os amigos etc. Muitas vezes parecem infindáveis as obrigações (e o lazer, às vezes, também ganha essa cara) que um casal costuma acumular no dia a dia. E em alguns casos só consegue pensar nelas, falar delas, compartilhá-las. A coisa toda vai ficando muito chata. Como dá para ter desejo e vontade de curtir momentos a dois desse jeito? Aqui surge outro desafio para os casais: incluir lazer (de fato, não aquele "obrigado") na rotina. Então que tal abrirem uma brecha na agenda dos "tenho de" para fazer algo em que se divirtam e deem boas risadas? O prazer e o desejo de ficar junto agradecerão;

LEMBRAR DA PRIVACIDADE – Falei o tempo todo de casal. E você? Quais são seus momentos com seus prazeres individuais, suas coisas, seus desejos? Ter um espaço para viver a individualidade alimenta a vida. Precisamos disso. Todo ser humano é assim. Quando nos alimentamos das coisas que nos fazem falta, isso dá uma nova energia para a vida. Como um todo. O que inclui a vida a dois – e o sexo!

Esse nosso papo aqui me soou com ares de "receita" de como levar a vida a dois. Mas isso você já sabe que não existe. O que conversamos até agora são apenas alguns itens nos quais seria interessante ficar de olhos bem abertos.

Mas não é só isso que está em jogo quando o assunto é sexo e casamento. Cada casal é um casal, com seus prazeres, suas possibilidades e suas dificuldades. Cada um tem uma história, tem uma realidade, e vai precisar a cada dia descobrir como lidar com isso.

Em alguns momentos, as dificuldades sexuais se tornam acentuadas. Isso pode ocorrer, e não significa necessariamente que alguém deixou de amar alguém, ou deixou de gostar de alguém. Pode haver outras questões envolvidas aqui. Fazer o quê?

Buscando ajuda

Talvez seja o caso de buscar a ajuda de especialistas. O casal pode procurar um psicólogo que atenda o casal junto. Ou pode ser um atendimento individual: ou o homem, ou a mulher. Ou os dois individualmente, cada um com um psicólogo. Vai depender do que o casal preferir e combinar com o especialista.

Ao mesmo tempo, os dois serão encaminhados para uma visita ao ginecologista (a mulher) e ao urologista (o homem). Esses são os passos iniciais. Mas é preciso coragem: tanto para perceber a dificuldade, como para aceitá-la e sair em busca do tratamento.

A procura de ajuda vale para qualquer pessoa, em qualquer fase da vida. Mas é preciso querer ser ajudado.

Sexo com (ou sem) amor

Sexo é uma coisa, amor é outra. Juntos, podem fazer uma bela parceria. Mas são coisas diferentes. Podem até ser farinha do mesmo fabricante, mas não do mesmo pacote! Além disso, aquela história antiga e repetida de que "homens fazem sexo, mulheres fazem amor" também é algo que requer atenção.

Gosto de dar exemplos para as coisas ficarem mais claras.

SITUAÇÃO 1 – SOBRE QUEM AMA

Imagine a seguinte situação: você é uma mulher que detesta fazer sexo anal. Mas seu parceiro vive insistindo, adoraria fazer. Um dia, ele conta para você que a ex dele adorava fazer sexo anal. E chegava ao orgasmo. Se seguíssemos o raciocínio de que sexo e amor são a mesma coisa, então daria para dizer que a ex dele o amava mais do que você – afinal ela fazia sexo anal com ele e adorava? E a resposta, obviamente, é: claro que não! Sexo é uma coisa. Amor é outra bem diferente.

SITUAÇÃO 2 – SOBRE QUEM FAZ SEXO

Imagine a seguinte situação: você é um homem que sempre teve ereção. Nunca falhou, nem uma vez. Mas um belo dia (ou não tão belo assim) acontece. Você está morto de cansado, cheio de problemas sérios do trabalho na cabeça e vai para a cama com a namorada de sempre. Sem mais nem menos, a coisa não acontece. Você não consegue se desligar das preocupações do trabalho. E não rola sexo de jeito nenhum. Se mais uma vez seguíssemos o raciocínio de que sexo e amor são farinha do mesmo pacote, a explicação para a broxada seria, então, que você está deixando de amar a namorada? Mais uma vez, está na cara que não! Naquele dia, parece que o trabalho e as preocupações com isso foram os grandes vilões da história. Não dá mesmo para ter ereção quando o homem está cheio de problemas na cabeça. Ou seja: sexo e amor são mesmo diferentes.

Depois dos exemplos, ainda é hora de falar mais um pouco a respeito da duplinha sexo e amor. Será que os homens fazem apenas sexo e as mulheres fazem sempre amor?

Pode até ser que as mulheres sejam mais românticas por natureza e os homens mais práticos, com uma "pegada forte" nas questões do sexo. Mas não sei se existe uma linha divisória tão rígida em relação ao sexo e ao amor no que se refere a homens e mulheres.

O que eu quero dizer com todo esse blá-blá-blá é que não existe regra. Não há um padrão tão rígido assim. Nem nenhum a ser seguido. Claro que sexo com amor pode ser muito saboroso. E há quem diga que esse é o melhor tipo de sexo da vida. Mas cada pessoa se relaciona de uma forma com essa história toda, do seu jeito. E isso pode variar de tempos em tempos, e de acordo com a companhia. Essa é a dinâmica da vida amorosa e sexual. Tanto do homem como da mulher.

Do amor

Para finalizar, vou citar a visão interessante de Stendhal, em sua obra intitulada *Do amor*. Segundo o autor, o amor nasce assim:

- **surge a admiração: "Ela (ele) é ma-ra-vi-lho-sa(o)";**
- **a gente pensa: "Que gostoso beijá-la(lo), abraçá-la(lo)";**
- **aparece a esperança: os olhos se acendem nesse momento e estudamos as perfeições do ser amado. A paixão é tão forte e o prazer tão intenso que até nos enganam, nos cegam;**
- **o amor nasceu: amar é ter prazer em ver, tocar, sentir por todos os sentidos, e do modo mais próximo possível, o objeto amado e que nos ama.**

E o que mais acontece? Stendhal segue em frente:

> **A PRIMEIRA CRISTALIZAÇÃO COMEÇA:** esse é o nome dado a algo que se passa conosco e que extrai, de tudo ao redor, uma descoberta – a de que o ser amado tem novas perfeições. Esse fenômeno é da natureza humana, é algo que nos ordena a ter prazer, é algo que faz com que sintamos que os prazeres aumentam com as perfeições da pessoa amada, e vem também da ideia de que a pessoa amada é "nossa". No entanto, a maneira de ser de alguém apaixonado muda dez vezes ao dia;
>
> **E NASCE A DÚVIDA:** refazendo-se desse primeiro espanto de estar amando, e tendo se acostumado com a felicidade que isso causa, o ser que ama pede agora garantias mais positivas sobre os sentimentos mútuos. E quer levar adiante sua felicidade. Mas chega a duvidar dela, tornando-se implacável contra tudo o que julgava enxergar no amado. É tomado, então, por um temor de que uma horrível desgraça aconteça ali. E, com o temor, surge um profundo cuidado;
>
> **SEGUNDA CRISTALIZAÇÃO:** começa então a segunda cristalização, que produz a ideia de que o outro, de fato,

> também nos ama. E a cristalização volta a descobrir novos encantos. No entanto, algo se movimenta e, vez ou outra, o ser que ama tortura-se com a dúvida de que "será que ela (ou ele) me ama?". Mais movimento – e volta a acreditar que sim. É como um caminho à beira de um terrível e belo precipício, com alternativas dilacerantes e deliciosas, sentidas vivamente pelo apaixonado. O raciocínio, então, aponta para três tópicos: 1. ela (ou ele) tem todas as perfeições; 2. ela (ou ele) me ama; e 3. como fazer para obter dela (ou dele) a maior prova de amor possível?

Stendhal conclui, então, que o momento mais dilacerante desse amor ainda jovem é aquele em que a gente se dá conta de que raciocinou mal – e de que é preciso destruir todo um pedaço de cristalização. Só assim é possível enxergar o outro (e o amor) como ele realmente é. Será que o amor vai resistir? Essa é uma interessante questão.

Para que citei tudo isso?

Para voltar ao tema deste livro: o sexo. E diferenciá-lo, mais claramente, do amor.

São distintos!

Têm caminhos próprios.

Podem seguir lado a lado, sim. Ou bem próximos. Mas também podem optar por vias infinitamente distantes.

Sexo na gravidez

A gravidez promove mudanças enormes no corpo e nas emoções da mulher. Durante quarenta semanas, contadas a partir do início da última menstruação, muitas transformações e adaptações são necessárias na vida da grávida como um todo.

E com o sexo não poderia ser diferente.

Os riscos

Se a gravidez não for considerada pelo médico com algum tipo de risco, então a mulher poderá manter a vida sexual durante os nove meses. Não faz mal algum. Ao contrário, pode fazer muito bem. Manter a vida sexual ativa aumenta a cumplicidade do casal e dá um colorido especial à vida, em qualquer fase. Mais uma vez, não seria diferente com a gravidez.

Ou seja, a mulher só está proibida de transar se tiver ameaça de aborto, ou se já teve abortos precoces em outras vezes. Nesse caso, o sexo fica proibido no primeiro trimestre, devendo ser liberado somente de acordo com as orientações do médico.

As atenções

Claro que as atenções da mulher estão praticamente todas voltadas para o desenvolvimento do feto, o nascimento do bebê, sua alimentação e todos os outros cuidados necessários. Também o pai se envolve no processo – alguns mais, outros menos.

De qualquer forma que seja esse envolvimento, é inegável que algo está se transformando na vida desse homem e dessa mulher. Ainda mais se for a primeira vez que isso ocorre – e quando tudo é novo e desconhecido. E talvez assustador.

As crenças

Mas é possível, sim, abrir espaço para outros prazeres – e isso costuma ser saudável para o casal. No entanto, muitas vezes algumas crenças e confusões impedem o casal de manter a vida sexual na gravidez. Algumas delas:

> **A PENETRAÇÃO PODE ATINGIR (TOCAR) O BEBÊ** – Não, isso não ocorre. Não há como o pênis ultrapassar o fundo da vagina, chegando ao local em que o bebê está se desenvolvendo. O pênis não consegue passar pelo canal que fica entre o colo do útero e a bolsa, onde está o feto. Esse canal mede menos de meio centímetro;

A PENETRAÇÃO PODE MACHUCAR O BEBÊ - Isso também não ocorre. Os movimentos do pênis dentro da vagina, por mais profunda que a penetração seja, atingem no máximo o colo do útero, que age como um amortecedor. Além disso, a cabeça do pênis é macia e amortece a penetração;

O ESPERMA PODE CHEGAR AO BEBÊ OU FAZER MAL A ELE - Não. O feto está protegido pela bolsa e o esperma não consegue (mesmo) ultrapassá-la. Relaxe. Além disso, segundo os médicos, seria preciso o equivalente a quinze ejaculações na vagina, dentro do período de uma hora, para que o esperma provocasse alguma alteração no corpo da grávida, como a possibilidade de contrações uterinas que talvez levassem a um aborto ou parto prematuro. Note bem: quinze ejaculações! Na vagina! Seguidas! Em uma hora! Será que alguém costuma fazer isso na gravidez (ou em qualquer fase da vida)?;

O ORGASMO PODE LEVAR AO ABORTO OU AO PARTO PREMATURO - Se a gravidez não é de risco, garantem os médicos, as contrações prazerosas promovidas pelo orgasmo não provocam aborto nem parto prematuro. Pode relaxar e... chegar lá! No entanto, se antes do sexo a mulher já estiver apresentando contrações uterinas, então o orgasmo pode se juntar a elas e isso acelerar alguma coisa, até mesmo provocar o aborto ou o parto prematuro;

A MULHER AGORA VIROU UMA SANTA. NÃO PODE FAZER SEXO - Será? Claro que cada um tem uma crença –, e isso precisa ser respeitado. Mas, se olharmos para essa questão por outros ângulos, talvez percebamos que a mulher continua sendo exatamente o que ela é: uma mulher – que tem vida profissional, vida familiar, vida social, vida pessoal, vida amorosa, vida sexual. Tudo bem que o bebê será a concretização do milagre da vida. Mas isso ocorre com nossa espécie de seres humanos. Ou seja, não precisa necessariamente ser uma santa;

A MULHER AGORA É A MÃE. NÃO SE FAZ SEXO COM ELA – Com nossa mãe não se pode fazer mesmo! Seria incesto, algo tabu em nossa cultura. E isso não é permitido. Mas, se a grávida é a mulher daquele homem (e não sua mãe), isso é outra história. No entanto, muitas vezes essa coisa da maternidade pode gerar uma confusão na cabeça das pessoas, que talvez passem a misturar a ideia da própria mãe (com quem não se faz sexo!) com a própria mulher grávida em sua frente (que é a sua mulher de sempre e, portanto, com quem é possível, sim, fazer sexo).

Crenças como essas muitas vezes impedem os casais de manter a vida sexual ativa durante a gravidez. Claro que cada um pode (e deve) escolher como conduzir a própria vida. Se não achar adequado fazer sexo nem sentir desejo para isso, então não deve ser feito. É só seguir suas ideias. Agora, se o casal sente desejo e quer manter a vida sexual – e a gravidez não é de risco –, então não há por que impedir.

O que muda no corpo da grávida

Talvez esse período exija adaptações para o sexo ser prazeroso. Para falar a respeito delas, é necessário saber o que acontece trimestre a trimestre no corpo da gestante.

1º TRIMESTRE: aumenta o volume de sangue no corpo da grávida, o que faz com que o coração, os rins e os pulmões trabalhem mais. Todo esse trabalho resulta em sonolência ao longo do dia. A placenta libera uma série de hormônios para a manutenção da gestação, o que pode sobrecarregar o fígado e provocar enjoos. O útero faz pressão sobre a bexiga, o que aumenta a vontade de urinar. Além disso, podem surgir pequenos nódulos nas mamas, preparando-as para a produção de leite.

2º TRIMESTRE: esse costuma ser o período mais tranquilo, pois em geral o corpo feminino já se acostumou à quantidade enorme de hormônios, o que diminui os enjoos. A vontade de urinar também diminui, pois o útero se apoia no púbis e para de pressionar a bexiga. Além disso, a grávida ainda não vive a ansiedade típica do período que antecede o parto, no entanto o apetite aumenta e corre-se o risco de engordar. O crescimento da barriga força a coluna, podendo provocar dor nas costas.

3º TRIMESTRE: o parto se aproxima e começam a aparecer contrações uterinas leves e indolores, os tendões que sustentam o útero se estiram ao máximo, o que pode ocasionar dor no abdome. O crescimento da barriga volta a pressionar a bexiga, e a vontade de urinar a toda hora reaparece. Faltando três semanas para o parto, o bebê se encaixa de cabeça para baixo na cavidade pélvica, com isso o diafragma relaxa, o que facilita a respiração.

O desejo e o prazer sexual

Como essas transformações que ocorrem a cada trimestre podem influir na vida sexual da grávida.

1º TRIMESTRE: aqui, a vagina incha e o canal vaginal diminui. Isso pode fazer a penetração provocar desconforto e até mesmo dor. Mas há casos em que a dor pode estar mais relacionada ao fato de a mulher ficar tensa na hora do sexo e não conseguir relaxar. Aí, seu corpo não se prepara para receber o pênis: a mulher contrai involuntariamente a musculatura da região vaginal, dificultando a penetração, e com isso sente dor. Com o inchaço das mamas, as mesmas também ficam mais sensíveis, e o toque na região pode incomodar. Esse conjunto de fatores pode levar a evitar o contato sexual. Ou não. Há quem admire, por exemplo, o novo visual das mamas, e isso por si só já seja um poderoso estímulo erótico. Um misto de sentimentos e emoções novos, ambivalentes e quase sempre assustadores toma conta da grávida. Entre eles, inseguranças, dúvidas sobre se quer ou não quer a gravidez, medo de perder o bebê. Toda essa confusão influi no desejo sexual, podendo baixá-lo. Ou elevá-lo. Há casos em que ela se sente extremamente feminina por ter o poder de gestar uma vida, o que pode ser o suficiente para alavancar seu desejo sexual.

2º TRIMESTRE: nesse período, aumenta a lubrificação na região vaginal, o que favorece a penetração, tornando-a mais prazerosa. Como é a fase em que as alterações corporais entram num ritmo mais tranquilo, de diminuição ou ausência de enjoos, da vontade de urinar a toda hora e da grande sonolência ao longo do dia, a grávida conquista um maior bem-estar geral. Ou seja, sente-se mais relaxada, com menos incômodos, mais acostumada com as transformações da gravidez, apesar de elas ainda estarem a pleno vapor. Os sentimentos e as emoções também entram numa fase mais tranquila e as inseguranças, os medos e as dúvidas iniciais vão aos poucos ficando para trás. E ainda não se está na reta final da gravidez, em que novos medos e inseguranças surgem com a proximidade do parto. Esse contexto favorece o resgate ou o aumento do desejo sexual. Costuma ser o momento em que o casal consegue relaxar um pouco mais e se curtir.

3º TRIMESTRE: o canal vaginal fica mais curto e, durante os movimentos da penetração, o pênis pode tocar o colo do útero, o que para algumas mulheres provoca incômodo ou dor. Para outras, isso pode até ser prazeroso. O corpo está todo mudado e pensamentos como "estou gorda e feia" são um enorme desestimulante sexual. Já quem olha para isso como o que de fato é – "estou simplesmente com as alterações corporais de uma mulher grávida" – pode ter um ganho na área sexual. Ao gostar do que vê (que bom que os seios incharam e a barriga cresceu, pois isso é o esperado!), fica mais fácil se liberar para a vivência do sexo. No entanto, as transformações corporais aliadas ao aumento das preocupações e dos medos, fruto da proximidade do parto, podem levar à falta de disposição para o sexo. Isso é natural, apesar de não ser uma regra.

Para o sexo ser mais prazeroso

Diante de todas essas alterações, fica a questão: é possível tornar o sexo prazeroso para o casal durante a gravidez? Claro que sim. Requer algumas adaptações, mas com boa vontade é possível desfrutar de nove meses de muito prazer. Três dicas básicas:

SEXO NÃO É SÓ PENETRAÇÃO – Sexo oral e masturbação também são práticas sexuais. E prazerosas. Então, se a penetração está incomodando a grávida de alguma forma, por que o casal precisa ficar se torturando? Parta para outras práticas, mais prazerosas para o momento. Isso pode surpreender o casal;

AS POSIÇÕES PODEM SER ADAPTADAS – Durante a gravidez, e à medida que a barriga cresce, a mulher costuma se sentir mais confortável com as posições sexuais em que a barriga fica "livre". Como? De lado, por exemplo. Aqui, é possível até apoiar a barriga numa almofada. Ou quando a mulher se coloca sobre o parceiro. Ou outra a que o casal se adaptar melhor. O importante é experimentar – e só fazer do jeito que estiver bom;

TAMBÉM É GOSTOSO ABRAÇAR E BEIJAR – Muitos casais estão tão acostumados a determinadas maneiras de fazer sexo que se esquecem de que ficar junto, acariciar um ao outro, abraçar e beijar também são contatos íntimos muito prazerosos. Nem sempre é preciso fazer tudo aquilo que faziam antes. Talvez possam experimentar outros jeitos de ficar junto. E isso, por si só, pode ser altamente afrodisíaco.

A questão das limitações

Falta falar aqui mais uma coisa básica: o respeito aos próprios limites e aos limites da pessoa que está ao nosso lado. Sexo sem isso não funciona. Não dá prazer. Não é saudável. Na gravidez, ou em qualquer etapa da vida, é importante respeitar o "até onde ir" de cada pessoa. Tanto da mulher como do homem. Sem isso, nada feito. Com isso é possível ao casal ter uma gravidez com uma série de descobertas e prazeres. Entre eles, o sexual.

E depois que o bebê nasce?

É uma questão comum entre os casais que estão prestes a ter filhos – ou acabaram de ter – querer saber quando e como retomar as relações sexuais. E para isso não há regra. Cada casal é um casal, cada mulher é única, assim como cada homem é único. Isso significa que cada pessoa terá seu ritmo próprio – e isso precisa ser respeitado (olha aqui o respeito de novo!).

A retomada do sexo após o parto

A fase do puerpério – aquela em que a mulher entra logo após o parto e só termina quando seus órgãos sexuais reprodutivos retornam ao estado anterior à gravidez – é complexa e tem duração variada, podendo levar poucas ou muitas semanas, de acordo com cada mulher. Nesse período, portanto, é preciso:

Dar um tempo para o corpo

Se a mulher teve parto normal, em geral os médicos recomendam que aguarde cerca de duas semanas para retomar as relações sexuais com penetração. Se a mulher fez cesariana, esse tempo precisa ser um pouco maior: entre um mês e meio e dois meses, de acordo com o caso. Mas aqui também vale a regra número um: é preciso respeitar o ritmo de cada corpo. Houve um parto. O útero precisa voltar ao tamanho normal, todo o organismo precisa se restabelecer. O processo de restabelecimento é marcado por dores, cansaços e dificuldades das mais variadas. E cada pessoa é única: se o corpo der sinais de que ainda não está pronto, forçar a barra é uma péssima opção. Já as práticas sexuais como masturbação e sexo oral estão liberadas desde cedo e dependem do desejo de cada casal. Além disso, beijar, abraçar e fazer carinho, em geral, pode ser muito saudável e prazeroso durante todo o percurso – da gravidez ao pós-parto;

Dar um tempo para a cabeça

O nascimento de um bebê mexe com uma série de sentimentos e questões emocionais da mulher e de seu companheiro também. Isso pode afetar temporariamente o desejo sexual de ambos, baixando-o. Além do mais, esse novo ser humano que chega ao mundo requer cuidados e atenções um tanto especiais nos primeiros momentos de vida, principalmente. É natural, portanto, que as atenções da mãe (e também do pai) se voltem para o bebê, não havendo espaço para outras atividades, entre elas o sexo. Porém, essa fase passa. São apenas algumas semanas, ou meses, até que os cuidados com o bebê comecem a se tornar mais rotineiros e menos assustadores – mas igualmente afetuosos;

Ter cuidado para não engravidar de novo

É preciso cuidado para não correr o risco de engravidar logo nos primeiros meses após o parto. Ao contrário do que muitos pensam, isso pode ocorrer, sim. A menstruação – que é o sinal de que o corpo feminino já voltou a liberar o óvulo para ser fecundado – costuma reaparecer entre um e dois meses após o parto para as mulheres que não estão amamentando e a partir do segundo mês para quem está amamentando. Pode ser que demore a voltar – cinco meses, um ano, ou mais. De qualquer forma, para maior tranquilidade, é preciso prevenir-se. A mulher deve ir ao ginecologista e decidir com ele os métodos mais indicados para seu caso. Segundo os médicos, camisinha e pílula anticoncepcional (eles prescrevem aquelas de baixa dosagem hormonal, que não interferem na amamentação) podem ser excelentes opções.

Capítulo 4

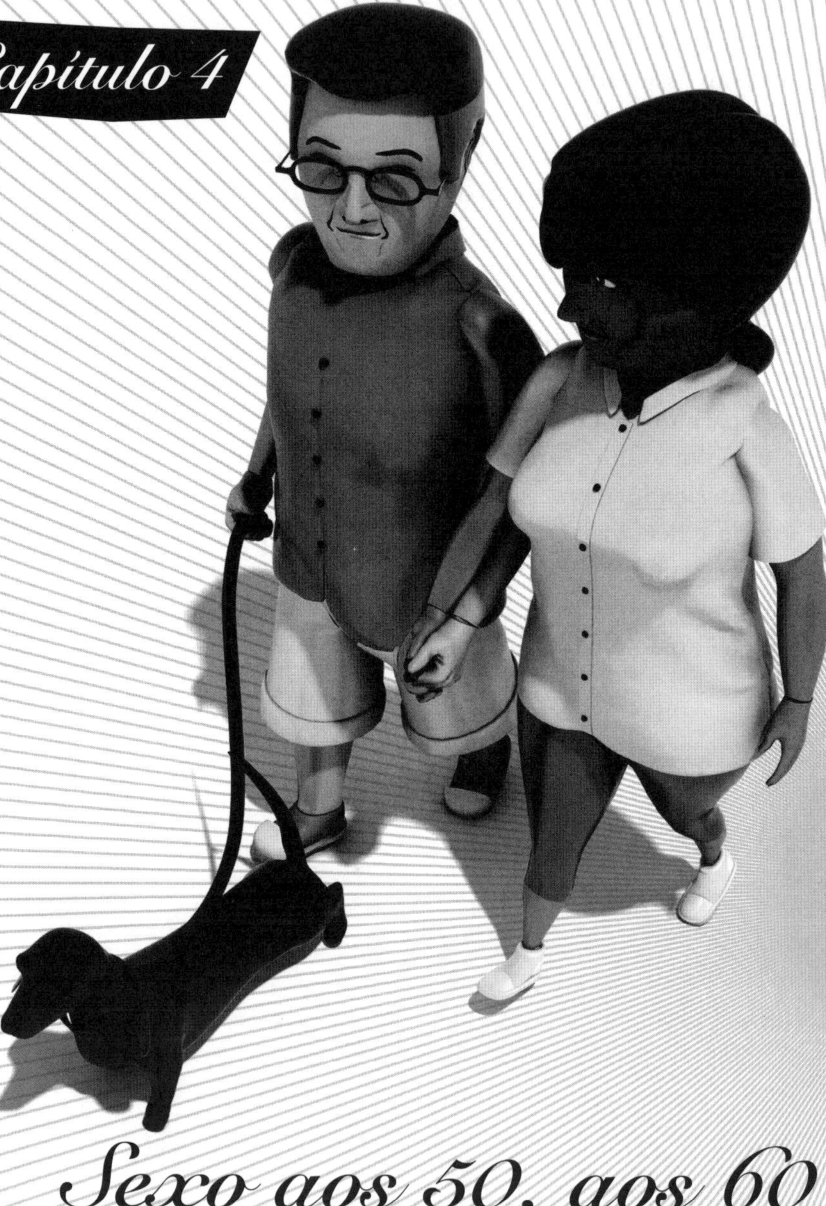

Sexo aos 50, aos 60
IDADE MADURA

Perceber que a vida inclui um processo de envelhecimento não é fácil, ainda mais num mundo em que ser "para sempre jovem" parece uma de suas principais leis. Mas isso é um delírio de nossa cabeça. Quando caímos na real, percebemos que o tempo passa. Para todos.

É excelente atitude cuidar da saúde física e emocional para garantir uma melhor qualidade de vida ao longo dos anos. Mas essa ação muitas vezes acaba confundida com a obrigatoriedade e a busca ensandecida de "parecer jovem a qualquer custo".

Uma coisa não tem necessariamente a ver com a outra.

Claro que, se cuidarmos melhor do corpo e da mente, a aparência vai refletir isso. Talvez até com um visual mais "jovem" do que o dos demais da mesma faixa etária que adotam um estilo de vida prejudicial ao próprio organismo. Mas mesmo assim envelhecemos. Esse é o percurso natural da vida de todo mundo.

Não há como parar o tempo!

Ele passa...

E chegamos aos cinquenta! Aos sessenta (e mais...)! Na época de nossos avôs e avós, a fase dos cinquenta anos, ou dos sessenta, era geralmente considerada o momento de desacelerar o ritmo e viver novos sabores, com mais calma. No mundo atual, no entanto, com a cobrança de "ser jovem sempre", parece que temos de continuar a todo vapor.

Claro que temos muita energia de vida nessa fase. Mas não temos mais vinte anos (nem trinta, nem quarenta...), por mais que tenhamos conservado o "espírito jovem" dessa outra idade.

O corpo muda. A cabeça, idem.

E aceitar isso pode ser libertador.

Novo corpo, nova cabeça

Aceitar o andar da carruagem da vida não significa jogar fora todos os sonhos, as expectativas, as ideias, as realizações, os desejos, os prazeres. Ao contrário, trata-se aqui de revê-los, de jogar fora apenas os que não servem mais e sair com energia em busca de novos.

A mulher entra na menopausa – que é o período em que não mais ovula e, portanto, não menstrua. E é uma mudança corporal e tanto, que traz a reboque uma transformação nos sentimentos e nas emoções.

O homem entra na andropausa, o correlato da menopausa. Uma fase em que o hormônio masculino (a testosterona) também passa a apresentar alterações. Todo o seu organismo e sua cabeça (e os sentimentos, e as emoções), idem.

E o sexo?

Como tudo na vida, isso também muda.

Mas não necessariamente para a pior, como muitos pensam. E temem!

Há inúmeras formas de viver cada vez com mais prazer sexual. Há muitas maneiras de ter uma vida cada vez mais saborosa, em todos os sentidos. Serão necessárias adaptações. E isso não é simples. Mas é assim desde que nascemos, sempre que mudamos de uma fase a outra: do bebê à criança pequena; do final da infância para a pré-adolescência e em seguida a adolescência; desta última para a fase adulta jovem. E de nossos vinte, trinta, quarenta anos para cá!

Crise e oportunidade

Mudanças podem ser excelentes oportunidades de crescimento. Crises e obstáculos também o são! Repito: sei que não é simples encarar tudo isso. Nunca foi. O que faz a diferença, no entanto, é como lidamos com essas coisas que estão nos acontecendo – e tudo o mais que ainda está por vir.

Sei que é um grande desafio, mas minha dica é: abra-se ao novo, aceite a evolução do tempo e adapte-se. Afinal, que graça teria se passássemos nossa existência inteira vivendo tudo sempre igual?

Sexo na menopausa

Para começar, vamos checar o que acontece com o corpo feminino na menopausa, período em que cessam a ovulação e, por conseguinte, a menstruação. Não é o fim do mundo. Nem da vida sexual. O que acabou é o período reprodutivo.

As mudanças hormonais

A partir dos quarenta, 45 anos ou mais, inicia-se o climatério, a fase em que os ovários entram em seu processo natural de envelhecimento.

Com isso, a menstruação começa a falhar, desaparece por um tempo, reaparece e, de repente, não vem nunca mais. Considera-se menopausa após um ano de ausência de menstruação.

Toda a rede hormonal apresenta alterações. Há uma queda de estrogênio, hormônio necessário para estimular a ovulação. Também cai o nível de progesterona, o hormônio necessário para a preparação do útero e a fixação do ovo em seu interior.

Para tentar manter o equilíbrio hormonal, as glândulas suprarrenais aumentam a produção de gonadotrofinas (hormônios que estimulam o amadurecimento dos folículos nos ovários) e de estrogênio. Os tecidos gordurosos começam a transformar uma pequena quantidade de hormônios masculinos (que armazenam) em um tipo mais fraco de estrogênio (chamado estrona).

Mesmo assim, o declínio hormonal continua.

Como fica o corpo

Toda essa baixa hormonal promove alterações profundas no organismo feminino. As mulheres, então, começam a enfrentar:

- **ondas súbitas de calor (chamadas de fogachos);**
- **disparos no coração (palpitações);**
- **insônia, com ou sem calores noturnos;**
fadiga;
- **dificuldade de concentração;**

- lapsos de memória;
- pruridos ou arrepios na pele;
- dores nas juntas, na musculatura e nos tendões;
- aumento da tensão muscular;
- aumento das dores de cabeça;
- distúrbios digestivos;
- inchaço;
- aumento de peso;
- aumento das alergias já existentes;
- queda de cabelo ou diminuição de volume;
- aumento dos pelos no rosto;
- tontura, perda do equilíbrio;
- mudanças de odor no corpo;
- sensação de choque elétrico na pele;
- formigamento nas extremidades;
- sensação de língua quente.

O que muda nas emoções

Todo esse conjunto de alterações hormonais e corporais vem acompanhado de mais mudanças, agora em relação às emoções e aos sentimentos. Com o início das falhas da menstruação, surgem dúvidas e queixas como: "Será que estou na menopausa?", "Mas ainda me sinto muito jovem para isso!", "Vou deixar de ser mulher?" etc. É comum, no meio dessa confusão emocional e corporal, a mulher passar a se sentir:

- mais tensa e irritada;
- mais ansiosa;
- mais entristecida ou deprimida;
- com oscilações de humor;
- com medos e temores variados;
- com grande vontade de ficar só.

O que interfere na cama

Claro que mais coisas ainda acontecem. Afinal, nada é simples nesta vida. A seguir, as possíveis interferências na vida sexual da mulher:

O DESEJO SEXUAL SOFRE UMA QUEDA: desencadeada pelo conjunto das alterações hormonais, corporais e emocionais, a baixa de desejo afasta a mulher das práticas e dos prazeres sexuais. Vira um ciclo vicioso e isso causa mais baixa de desejo, mais baixa de prazer;

SURGEM DORES NA PENETRAÇÃO: as alterações ocorridas na região genital, como o ressecamento vaginal, atrapalham a penetração, que pode começar a promover dor em vez de prazer. Isso é desestimulante e, com o passar do tempo, pode comprometer as variadas sensações de prazer, bem como a obtenção de orgasmo;

ALGUMAS CARÍCIAS COMEÇAM A INCOMODAR: com o aumento da sensibilidade dos seios, algo típico da fase da menopausa, os toques antes prazerosos podem se tornar incômodos, todo o corpo pode começar a apresentar desconforto com as carícias antes eróticas.

Existe alguma coisa de bom?

Óbvio que sim!

E o que existe "de ruim" também dá para tratar. Ou pelo menos aliviar, afirmam os médicos. Primeiro, é importante saber que a mulher que começa a apresentar os sintomas do climatério e da menopausa precisa procurar um ginecologista. Esse é o especialista responsável para cuidar desses males do corpo – e amenizar os sintomas nada agradáveis da menopausa.

Cada mulher é uma mulher

Então, cada uma terá um tratamento mais adequado.

Não dá para passar essa fase sem visitar o médico. Nem se jogar em tratamentos sem o acompanhamento do especialista. Ele decidirá com a mulher o que pode ou não ser feito para proporcionar maior conforto nessa fase, sem perder de vista os cuidados com sua saúde e sua qualidade de vida.

Se as coisas ficarem muito ruins para o lado emocional, é o caso de buscar a ajuda de um psicólogo. Conversar abertamente sobre seus medos, suas angústias, suas preocupações e tudo o mais que se apresenta nessa nova fase pode trazer um enorme bem-estar. Como já foi dito anteriormente, psicólogo não é simplesmente "médico de louco", não. A função aqui, como em outras etapas da vida, é ajudar a mulher a se perceber melhor e a lidar com todo esse turbilhão de emoções e sentimentos. Do seu jeito. Com a sua cara. Cada vez mais em direção a sua essência, a seu jeito mais profundo – e saudável – de ser.

Dá para melhorar o sexo?

É claro!

E dá para as coisas na cama ficarem boas de novo, sim! Algumas alternativas:

Para ter mais desejo

Um passo a passo:

1º SOBRE SUA IDENTIDADE – A mulher continua sendo mulher. Está viva e não mudou de sexo apenas porque entrou na menopausa. É preciso lembrar-se disso;

2º SOBRE SEU JEITO DE SER – Ela pode perfeitamente continuar sendo feminina, sensual, sedutora. Seu jeito de ser, de se relacionar com as pessoas e de se cuidar, se embelezar pode permanecer com sua cara, sua feminilidade. Como sempre foi;

3º SOBRE OS CUIDADOS CONSIGO MESMA – Mas a mulher está enfrentando uma grande transformação, que a irrita muito e a deixa cheia de desconfortos. Tratar esses sintomas corporais que tanto a incomodam é o primeiro passo;

4º SOBRE OS PENSAMENTOS ERÓTICOS – Fruto de uma bagunça enorme corporal e emocional, o desejo baixou. Mas a mulher quer recuperá-lo. Então esse já é um grande passo. Uma atitude que costuma ser bem eficiente para ajudá-la nesse caminho é tentar lembrar os momentos da vida em que ela sentiu mais desejo sexual. Como era? Como ela se preparava para o sexo? Em que situações ele ocorria? Como gostava de fazer? Quais eram seus desejos? E suas fantasias? E hoje? Há novos desejos e fantasias? Há jeitos que ela considera estimulantes para se preparar para o sexo? Em que situações ela imagina hoje uma transa bem excitante? Ou seja, a mulher deve ir se perguntando, se descobrindo, tentando se lembrar do que já gostou, buscando atualizar os gostos. Esse caminho, por si só, pode ser afrodisíaco. Aliás, pensar mais em sexo (de forma positiva, saborosa) é uma dica para dar vontade de fazer. E o desejo pode começar a ser resgatado sem que ela perceba. Vale tentar.

Para ter mais prazer

1º A LUBRIFICAÇÃO VAGINAL – Se a vagina está mais seca, uma opção é usar os géis lubrificantes vendidos em farmácia à base de água, que não danificam o material da camisinha. A própria camisinha também pode oferecer uma lubrificação, e a feminina costuma ser bem mais lubrificada que a masculina.

2º A HORA DA PENETRAÇÃO – Lubrificação não basta para a penetração vaginal ser mais prazerosa. Talvez falte algo bem simples e básico: a mulher precisa estar realmente no clima. Então, ela pode começar com outras práticas, como o sexo oral ou a masturbação. E beijos, abraços etc. Quando se sentir bem estimulada, aí, sim, é hora de passar para a penetração vaginal.

3º AS OUTRAS OPÇÕES – E se mesmo assim a penetração doer? Então deve ser evitada. Sexo não combina com dor. A sugestão é voltar às carícias que estavam prazerosas, estimular-se mais e mais dessa forma e encontrar o orgasmo com elas. Pode ser um bom momento para experimentar outras práticas que sempre teve vontade.

4º OS NOVOS LIMITES – Sexo não é só penetração vaginal. Numa próxima oportunidade, pode-se até tentar novamente, mas sempre respeitando seus limites. Isso é fundamental. Seu corpo agradece. Seu prazer, idem. E o parceiro? Aqui entra a questão do respeito mútuo: se a penetração não está legal para a mulher, é importante que o companheiro saiba disso – e respeite seus limites. Assim fica bem mais saudável e saboroso.

Para descobrir novas carícias

1º ENTREGUE-SE – O.k., as carícias nos seios estão superincômodas. Então, deixe-as para lá. Se a sensibilidade nos seios melhorar, aí retome-as. Mas o corpo da mulher tem outras áreas além dos seios. Entregar-se às possibilidades de descoberta de novos pontos eróticos pode ser uma delícia.

2º ESTIMULE-SE – Uma massagem a dois pode ser uma excelente oportunidade de descoberta. E se o parceiro não estiver a fim? Não faz mal. A mulher pode fazer uma automassagem com um gostoso creme ou óleo, em um agradável e silencioso momento que ela escolher. Sem pressa. Para se curtir.

3º CRIE VARIAÇÕES – É possível descobrir carícias prazerosas e pontos eróticos no corpo dos mais variados jeitos, nas mais variadas situações. Uma que as mulheres adoram é durante o banho. Mais uma vez é hora de explorar o corpo, pode ser com a espuma ou algum óleo de massagem. Como preferir. Crie variações.

Aproveite a vida como ela é! Descubra todas as suas possibilidades!

E tenha muito prazer nessa sua nova fase.

Sexo na andropausa

A andropausa tem sido considerada pelos médicos a versão masculina da menopausa. Explico melhor: após os quarenta anos, por volta dos 45, cinquenta, 55 anos, o corpo masculino começa a experimentar oscilações em seu hormônio testosterona, fruto do envelhecimento do organismo.

Exatamente como acontece com a mulher na menopausa: ocorre uma alteração hormonal que desencadeia uma série de mudanças, fruto do envelhecimento natural feminino.

Então, como não poderia ser diferente com os homens, ocorrem variadas transformações corporais e emocionais. Segundo os médicos, nem todos os homens vivem essas mesmas alterações. Cada um é de uma maneira, e as mudanças ocorrem para cada organismo numa intensidade.

O que muda no corpo

Seja como for, independentemente das variadas intensidades e possibilidades de alterações, confira o que pode ocorrer ao homem na faixa dos cinquenta, sessenta anos de idade:

- **problemas vasomotores;**
- **ondas de calor;**
- **suor excessivo;**
- **problemas urológicos;**
- **falta de energia;**
- **insônia;**
- **perda do apetite;**
- **dor nos ossos e nos músculos;**
- **atrofia da pele (rugas, manchas).**

O que muda no jeitão de ser

Não é só o corpo que sofre. Há alterações no jeito de ser, nas emoções e nos sentimentos que podem provocar grandes prejuízos em seu dia a dia. Ele pode ficar:

- mais irritado e tenso;
- mais entristecido ou deprimido;
- de mau humor;
- com falta de memória;
- com dificuldade para se concentrar;
- com uma perda de interesse em geral.

E na cama, acontece o quê?

Assim como acontece com as mulheres, o quadro complexo de transformações no corpo e na cabeça do homem de cinquenta, sessenta anos reflete também na parte sexual. Então podem ocorrer:

DIMINUIÇÃO DO DESEJO SEXUAL: a baixa de testosterona, aliada a todas as mudanças orgânicas e emocionais que a fase da andropausa promove, se torna um incrível desestimulante sexual. O homem pode mesmo perder o pique e a vontade de fazer sexo. Quanto mais irritado, mais de mau humor, mais entristecido, mais cheio de desconfortos pelo corpo afora, mais difícil vai ficando ter desejo;

DIMINUIÇÃO DA ATIVIDADE SEXUAL: a baixa de desejo afeta diretamente a frequência sexual. O caminho é óbvio: sem vontade, fica difícil ir para a cama. Ou seduzir a mulher. Ou criar um clima para que o envolvimento erótico e sexual se desenrole. O sexo vai ficando mais raro. E vira um ciclo vicioso: quanto menos sexo, menos desejo. E menos sexo;

DIFICULDADES PARA SE EXCITAR: sem desejo e com menos pique, a ereção não vem mesmo. Essa é a reação natural do corpo masculino. E, sem ereção, a vontade de ir para a cama vai diminuindo, os temores e as preocupações vão aumentando. Caso não seja feito nada para reverter esse caminho, a dificuldade de se excitar só tende a crescer.

Existe tratamento?

Sim, mas é preciso querer.

Ninguém ajuda quem não quer ser ajudado. Então, o homem precisará buscar essa ajuda. O primeiro passo é ir ao urologista. O médico, então, verificará a possibilidade de regular os níveis de testosterona ou fazer outros tratamentos que julgar necessários. Tentar solucionar o problema seguindo a dica do amigo ou do vizinho pode ser uma bobagem. Eles são urologistas? Se não são, então não adianta querer "se consultar" com eles. Pode-se até ouvir deles como estão se virando nessa fase. Munido das informações colhidas com o grupo social, o homem deve ir ao médico e conversar com o especialista. É no consultório que ele encontrará o caminho sobre o tratamento mais adequado.

Isso basta?

Ainda não. Há mais a fazer.

Como está a cabeça?

Tudo bem? Ou anda uma confusão danada? Muitas vezes a pessoa vai conversando consigo mesma, vai se revendo, se acalmando, se transformando. Mas em alguns casos esse movimento não ocorre assim tão facilmente. Isso acontece tanto com o homem quanto com a mulher. E não é motivo para se envergonhar nem se achar o último dos seres da Terra.

Talvez seja uma boa opção conversar com um psicólogo, para colocar para fora aquilo que angustia, incomoda, irrita. Muita gente passa por isso. E buscar ajuda não é uma atitude "dos fracos". Ao contrário: sentar-se à frente de um especialista e abrir a própria vida requer muita coragem. E coragem é coisa de gente forte. De gente que compreende que o ser humano é falível e tem dificuldades, mas também é resistente e capaz de dar a volta por cima.

Mas é preciso querer mudar, querer se ajudar. Sem isso, nada feito.

E quanto ao sexo?

Vamos por partes.

MAIS DESEJO – As coisas não mudam num passe de mágica, da noite para o dia. Então, o primeiro passo é ter calma. O desejo vai voltar. Em seu tempo. Até lá, pode ser o momento de uma profunda investigação: do que o homem gosta ou não gosta na cama; o que gostaria de incluir ou excluir do repertório sexual; onde e em que momentos prefere ou não fazer sexo; quais são os desejos que sempre teve e quais os novos; como andam as fantasias antigas e quais as novas etc. Pensar em sexo estimula o desejo. Com essa investigação erótica, o que o homem está fazendo? Pensando em sexo. E estimulando o desejo.

MAIS DISPOSIÇÃO – Ao começar a cuidar do corpo, com acompanhamento médico, ele perceberá uma melhora em sua energia, no pique, em sua vida como um todo. Isso influi na cama? Claro que sim! Sexo é um aspecto da vida. Não algo isolado. Então, se o bem-estar corporal aumenta, o sexo agradece. E pode iniciar um ciclo: quanto mais sexo prazeroso, mais pique para a vida como um todo. E mais disposição para o sexo.

MAIS EXCITAÇÃO – Sabe-se que sem desejo a ereção não vem. Que sem pique, sem disposição, não dá para ir para a cama. Mas o homem já está dando atenção a esses dois aspectos, e a outros tantos mais, como o cuidado com o corpo e com a cabeça. Aos poucos, o desejo vai voltando, a energia e a disposição idem. E a ereção? Em geral, costuma ser uma consequência de todos esses ganhos.

Encarar essas transformações não é tarefa simples. Mas é possível conseguir. A vida é cheia de altos e baixos, de dinamismos e de saborosas recompensas. Então, é preciso lutar. Encarar. Encorajar-se! Seguir em frente aceitando-se exatamente como você é: um ser humano como outro qualquer, que ao longo da vida passa por um processo natural de amadurecimento e de envelhecimento. Ou seja, algo que acontece com todos nós.

Você não será "menos homem" por causa disso

Ao contrário! Encarar essa empreitada não é para qualquer um. Requer muita coragem. Então, fica o desafio.

Sexo e qualidade de vida

Esse é um dos temas mais pedidos nas palestras que eu dou em empresas, para os mais variados públicos, das mais diversas idades. Mas em especial para funcionários e executivos nessa fase da maturidade, tanto do sexo masculino como do feminino.

É uma etapa da vida em que a qualidade de vida começa a ganhar uma atenção especial. A velhice ainda não chegou, mas está a cada ano mais próxima. Chegar bem à fase seguinte requer um estilo de vida mais saudável, mais cuidadoso. Com maior qualidade de vida. E é justamente por isso que vou abordar esse tópico aqui.

O que é preciso saber sobre essa combinação de sexo e qualidade de vida? Em minhas palestras, eu começo assim:

> **JUSTIFICATIVA** – Segundo a Organização Mundial de Saúde (OMS), ter uma vida sexual saudável, plena e prazerosa é um dos fatores que contribuem para a qualidade de vida do indivíduo – seja do homem, seja da mulher.

Claro que existem outros fatores que interferem na qualidade de vida, como o bem-estar em relação ao trabalho, à família, à vida social e à saúde de forma ampla. Mas, como combinamos de lançar nosso olhar para a influência do tema sexo, sigo com a conversa questionando:

> **DEFINIÇÕES INICIAIS** – O que entendemos por "vida sexual saudável, plena e prazerosa"? Qual é o significado disso para cada um de nós? Será que dá para chegarmos a um consenso? Será que isso nos ajudaria a conquistar essa vida sexual mais satisfatória?

Vamos por partes:

> **VIDA SEXUAL SAUDÁVEL** – Esse é um conceito amplo, mas em linhas gerais pode-se pensar em: 1. com responsabilidades para com a própria saúde sexual e a da pessoa que está ao lado, o que inclui usar cami-

sinha em todas as práticas sexuais, a fim de evitar a transmissão de aids e outras DSTs; 2. com cuidados para com o próprio bem-estar sexual e o da pessoa que está ao lado, o que inclui escolher práticas que sejam satisfatórias para ambos;

PLENA – Aqui não dá para dar dicas. Cada pessoa precisa descobrir o que significa, para si mesma, viver o sexo de forma plena. Que possibilidades e limites isso conclui, cabe exclusivamente a cada pessoa definir. Não há fórmula nem regra;

E PRAZEROSA – Isso também varia muito de pessoa para pessoa. O que é prazer para você pode não ser para o outro. E vice-versa. Cada um, portanto, precisa construir o próprio manual de práticas prazerosas. E ir fazendo novas e atualizadas edições.

A palestra segue por aí, conversando sobre quanto sexo e qualidade de vida estão interligados, influenciando uma infinidade de fatores e sendo influenciados por eles, entre os quais:

O CONTEXTO: o cenário atual do mundo em que vivemos, com seus aspectos sociais, históricos, econômicos e culturais;

O NOSSO OLHAR: nossas crenças, nossos valores, nossos preconceitos, nossos julgamentos, enfim, o modo como vemos este mundo e o sexo;

COMO SOMOS: nosso jeito, nossas capacidades, nossos limites, nossos gostos, nossas expectativas, enfim, o modo como somos e nos relacionamos com o mundo e o sexo;

O OUTRO: tudo isso em relação ao parceiro ou à parceira.

Aproveito também para dar algumas dicas. Duas em especial:

1. SEJA LIVRE • Ninguém é obrigado a manter uma vida sexual incrivelmente ativa, nem a ter desejo, orgasmos,

ou ereções sempre. Somos livres. Podemos escolher o que quisermos para nossa vida sexual – sempre nos responsabilizando pelas próprias escolhas;
2. CONDUZA-SE • Não há padrões a ser seguidos. Há apenas o que você julgar importante para si mesmo(a) – sem esquecer os limites da pessoa que está a seu lado.

Daria para conversar longamente sobre cada tópico. Mas ainda há muito bate-papo pela frente, que de certa forma incluirá e ampliará a ideia de sexo e qualidade de vida.

Capítulo 5

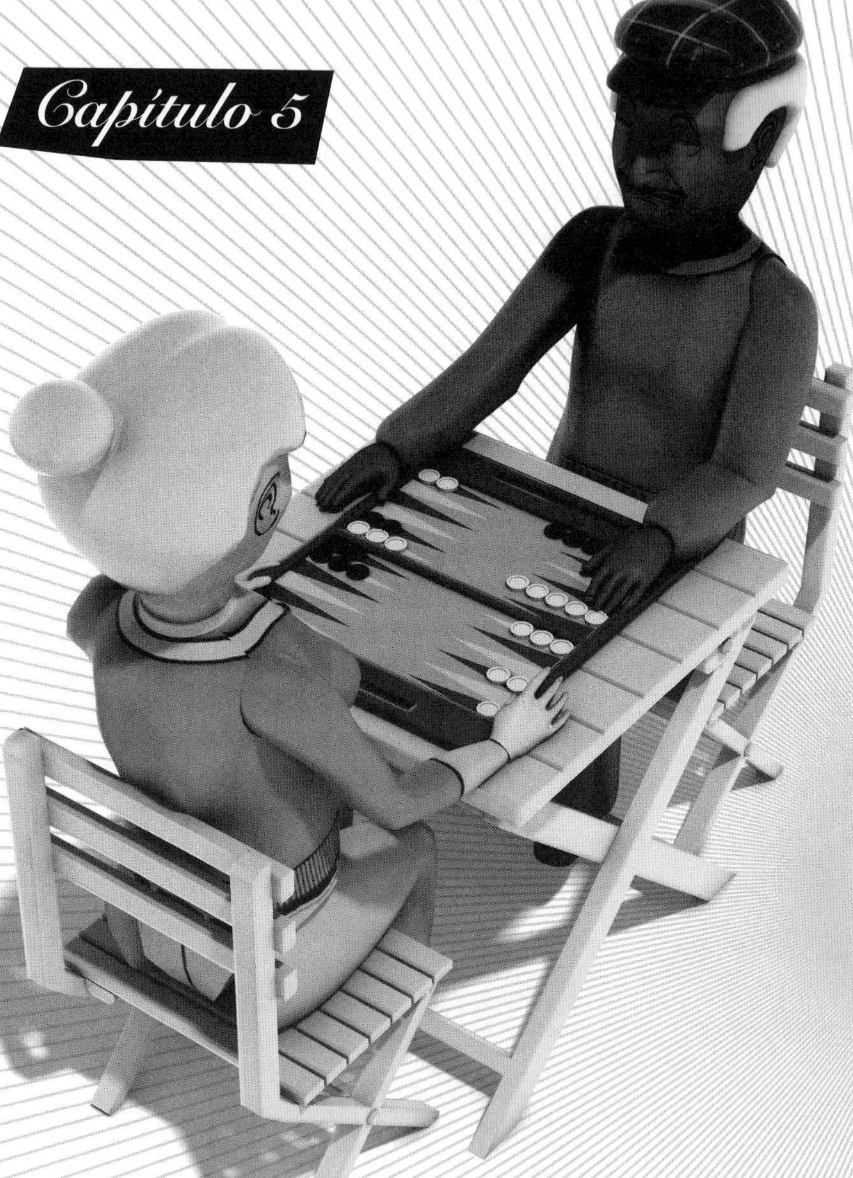

Sexo aos 70, aos 80
TERCEIRA IDADE

Gostaria de começar este capítulo fazendo uma reflexão. E quem vai ajudar é Arthur Schopenhauer, um grande filósofo alemão do século XIX. Em seu livro *Sobre o ofício do escritor*, ele nos fala:

> ***"Seria bom comprar livros se, junto com eles, fosse possível comprar o tempo para lê-los, mas, em geral, troca-se a aquisição dos livros pela aquisição do seu conteúdo".***

A meu ver, isso faz sentido para o tempo de Schopenhauer, mas também para os dias atuais, o tempo em que vivemos. Vou prosseguir mais um pouco:

> ***"Pretender que um indivíduo conserve tudo o que leu é como exigir que ele ainda traga dentro de si tudo o que já comeu. Ele viveu fisicamente do que comeu e intelectualmente do que leu, e graças a ambos tornou-se o que é. No entanto, do mesmo modo como o corpo assimila o que lhe é homogêneo, cada um conservará o que lhe interessa, ou seja, aquilo que se adapta ao seu sistema de pensamentos ou aos seus objetivos. Não há dúvida de que todos têm seus objetivos, mas poucos possuem algo semelhante a um sistema de pensamentos. Por isso, nada desperta neles um interesse objetivo e, justamente por essa razão, nada do que leem se deposita em sua cabeça; eles não conservam nada de sua leitura".***

Há muito a pensar a partir desse breve trecho, que pode nos levar a variadas e ampliadas direções. Vou escolher uma delas, que talvez se encaixe bem com o tema deste livro (sexo, prazer) neste capítulo – a fase da velhice, como antes conhecíamos, ou a terceira idade, como de uns tempos para cá tem sido chamada.

Envelhecer. Ser velho. Idoso.

Isso é palavrão?

Nos dias de hoje, parece que sim. Mas "velhice" não seria apenas o nome dessa determinada fase da vida, como é com "infância" ou "adolescência"? Quem continua vivo segue em frente: uma hora deixa de ser criança, noutra sai da adolescência, passa pela fase adulta, com seu período mais jovem e, na sequência, um mais maduro. E chega à velhice. Depois? É o momento de a vida se encerrar, como ocorre com a vida de todos os seres humanos que conseguiram – felizmente – chegar à velhice.

Estou falando da última etapa de nosso desenvolvimento. O ápice! Percorremos um longo caminho, com quedas, tropeços, dificuldades. Mas também alegrias, satisfações, concretizações. E assim foi. E assim continua sendo. Se você está lendo estas linhas, é porque há vida em você. Tudo bem que o corpo envelheceu, e trouxe com isso uma série de modificações, dificuldades e adoecimentos naturais desse processo. Mas há vida! E, enquanto ela existe, há energia e inúmeras possibilidades de sorrir com ela, de sentir prazer, de se satisfazer.

Mas é preciso saber (querer, ser capaz de) enxergar.

Os objetivos de cada um

Assim como nos diz Schopenhauer, não há dúvida de que todos têm seus objetivos, mas poucos possuem algo semelhante a um sistema de pensamentos, que leva a refletir, repensar, dar novos significados à vida, colocar novas ideias em andamento, ver o que faz com as antigas, transformar-se. Por isso, segundo o autor, nada se deposita em sua cabeça, ficando uma espécie de vácuo, um vazio, uma ausência de sentido de vida, de energia, de prazer. De tesão. E não estou falando apenas no sentido sexual, mas do tesão de vida.

Quem trilha esse caminho não conserva nada de sua leitura, encerra o escritor. Se eu puder sugerir algo a você, neste momento, diria para "conservar o que lhe interessa", seja da leitura de um livro como este, seja das infinitas possibilidades de vida – das já vividas e das que ainda poderá viver.

Conserve suas ideias, seus desejos, suas expectativas, sua energia de vida. E use tudo isso a seu favor. Velhice não é sinônimo de morte. Ao contrário: é uma fase da vida.

A lista dos prazeres

Então, viva! E se há o desejo de resgatar o prazer sexual, tema deste livro, então vamos lá: dá para manter, sim, a vida sexual ativa em qualquer idade. Isso exige ajustes, e talvez o maior deles não seja orgânico, como se costuma pensar. Mas o ajuste maior (e mais desafiador) talvez seja o da forma como olhamos para a questão do sexo na terceira idade, com nossos valores, nossos conceitos e preconceitos.

Não somos apenas corpo nem só mente. Ou psique, ou cérebro, ou cabeça, ou alma, ou espírito, ou a palavra que você quiser para designar nosso "lado emocional". Somos tudo isso junto. E tudo isso influi no sexo, em qualquer idade. O corpo precisa de novas adaptações. Mas a cabeça precisa, de fato, estar empenhada nesse processo de busca de novos sabores. Sem culpa, sem preconceito.

Sem "cabeça oca"

Olhar para o sexo (e para a vida) dessa forma talvez seja a maneira de conseguir não ficar com a "cabeça oca" a que Schopenhauer se referiu. Tudo bem, você tem seus objetivos. Mas talvez estejam depositados nas profundezas de sua biblioteca de vida. Tire o pó desses livros de desejos e metas. E viva, sem temores, o que de fato lhe interessa!

Tabu e preconceitos

"Já estou velha(o) para essas coisas." Num primeiro contato com quem passou dos setenta ou oitenta anos, a menção à palavra sexo pode render essa resposta imediata. Ou esse pensamento. Isso é preconceito. Com você. Com a velhice. Com essa fase da vida.

Sexo na terceira idade é, sem dúvida, um tabu em nossa cultura.

Claro que você tem todo o direito de pensar da forma como quiser. E de fazer o que quiser da vida. Afinal, é a sua vida! Mas, do ponto de vista físico, não há nada de errado em fazer sexo até o fim da vida. Nem do psicológico. Ao contrário: a relação sexual saudável (com o cuidado para prevenir doenças sexualmente transmissíveis) só traz benefícios.

Faz bem porquê:

- **energiza corpo e mente;**
- **movimenta todo o organismo;**
- **desencadeia processos prazerosos e saudáveis;**
- **ajuda a mostrar ao corpo e à mente que há vida (e muita!).**

Esses são apenas alguns fatores benéficos a levar em conta.

Há mais:

- **o casal se aproxima em outros níveis;**
- **amplia as possibilidades de trocas amorosas;**
- **compartilha momentos de intensa cumplicidade;**
- **namora, curte, se satisfaz.**

E mais...

Poderia continuar a lista, mas talvez precise olhar para um lado mais sombrio, aquele que nos impede de viver esse prazer.

Os preconceitos

Por que evitamos o sexo na terceira idade? Talvez por acreditarmos, assim como grande parte do mundo mais jovem, que:

PRECONCEITO 1 – Velho(a) não faz sexo. Isso é coisa de jovem;

PRECONCEITO 2 – Idoso(a) não tem mais vida. Tudo o que resta é sentar e esperar a morte;
PRECONCEITO 3 – É feio querer sentir prazer sexual nessa idade. Isso é coisa de gente assanhada;
PRECONCEITO 4 – O corpo não funciona mais, não sente mais desejo, não consegue mais ter orgasmo;
PRECONCEITO 5 – Velho(a) precisa se comportar adequadamente. Se a família descobrir, não vai gostar;
PRECONCEITO 6 – Já sou avô (avó), não dá mais para fazer o que meus netos fazem;
PRECONCEITO 7 – Já passei da idade de ter filhos, não há mais necessidade de ter relações sexuais;
PRECONCEITO 8 – Se eu tivesse uma aparência mais jovem, aí tudo bem, mas só se eu fizesse uma plástica!

Socorro! É muito preconceito! Desse jeito, dá até para entender por que velhice vira sinônimo de morte. Ou palavrão.

Sabe o que eu recomendaria para cada uma dessas afirmações? Jogá-las no lixo! No incinerador! É preciso jogar isso fora logo. É peso demais! É pensamento muito esquisito, muito equivocado.

Um novo olhar

A pessoa nessa fase:

- **pode fazer sexo até quando quiser;**
- **não tem de ficar apenas "esperando a morte";**
- **pode achar gostoso sentir desejo nessa idade;**
- **tem potencial para se estimular, sentir prazer e atingir o orgasmo;**
- **não precisa seguir regras preconceituosas impostas por alguém;**
- **pode se divertir com o sexo, como fazia na juventude;**
- **pode encarar o sexo como prazer, e não como meio de ter filhos;**
- **não tem de parecer quinze, trinta anos mais jovem para ser feliz na cama.**

Está disposto(a) a seguir em frente?

Que bom!

Então passarei às dicas sobre como ter mais prazer sexual nessa fase. Antes, entretanto, falarei de uma questão que incomoda muitas pessoas. E que precisa de fato ser tratada com atenção. E cuidado.

DST e aids na terceira idade

Vou começar a conversa sobre a prática sexual na terceira idade por esse tema. Depois eu falo de orgasmo e prazer.

Muitas pessoas me pedem esse tema assim: "É muito importante falar sobre aids na terceira idade, ouvi dizer que está um horror...".

Os horrores

Está um horror. Assim como está um horror na fase adulta. E na adolescência. O cenário de aids no Brasil e no mundo é um horror. Das doenças sexualmente transmissíveis, idem. Em qualquer idade ou fase da vida. O que eu quero dizer com isso? Para a gente tomar cuidado com o sentido de todo esse "horror" e separar direito as coisas: é péssimo contrair uma doença, em qualquer idade, inclusive na terceira idade, mas não é um "horror" transar na terceira idade. Isso pode. E deve!

Agora as informações sobre a aids e outras DSTs.

Os dados que assustam

Segundo o Ministério da Saúde, nos últimos tempos cresceu o número de idosos contaminados com o vírus da aids. Aumentou também o número de outras doenças sexualmente transmissíveis nessa população. Qual é a explicação para isso?

Vamos pensar na origem da aids, por exemplo. Os primeiros casos no Brasil foram relatados em 1982. Quantos anos você tinha na época? Já transava, não é? Já tinha filhos? Talvez netos? Ou seja, já vinha levando uma vida sexual ativa. E surgiu a aids. Com ela, a discussão sobre as doenças sexualmente transmissíveis, antes chamadas de venéreas, um nome derivado de Vênus, a deusa do amor e do prazer sexual. Então, as doenças "do amor e do prazer sexual" vieram à tona, a reboque do cruel e assustador quadro de doença e morte trazido com a aids.

As dificuldades

Campanhas para o uso de camisinha chegaram à mídia, a todo lugar. A sociedade como um todo se viu numa encruzilhada: ou se previne, ou corre o risco de se contaminar. E as pessoas da terceira idade que nunca tinham usado camisinha na vida? Fizeram o quê? Fazem o quê? Leva-se um tempo para se acostumar com mudanças, principalmente quando se trata de assuntos tão delicados e complexos como a prática sexual. O idoso tem de usar camisinha. Em toda prática sexual: sexo oral, penetração vaginal, sexo anal. Caso contrário, pode se contaminar, como qualquer outra pessoa, com as doenças sexualmente transmissíveis e a aids. Esse é o cenário atual. Transar hoje exige essa dose extra de cuidado e responsabilidade. Pode parecer chatice. Mas não há como fazer de outro jeito. Não existe solução mágica. Sem camisinha, é possível pegar aids e alguma das DSTs, sim, como toda essa população da terceira idade que já pegou e que compõe os índices do Ministério da Saúde.

Triste. Complicado. Fazer o quê?

Camisinha: tem de usar!

Aprender a usar camisinha é o primeiro passo. Hoje, isso se aprende na adolescência. Como em sua adolescência não era comum o uso, então repito aqui o passo a passo.

A camisinha feminina

- **Aperte o anel flexível interno com os dedos polegar e médio.**
- **Introduza a camisinha feminina na vagina antes de qualquer contato sexual: penetração, sexo oral ou até mesmo roçar o pênis na vagina.**

- O anel externo deve ser deixado cobrindo os grandes lábios.
- Após a ejaculação, retire-a com cuidado para não vazar o sêmen, dê um nó e jogue-a no lixo. Use só uma vez a camisinha.

A camisinha masculina

- Segure a ponta da camisinha, retirando todo o ar.
- Desenrole a camisinha com o pênis ereto, antes de qualquer contato do mesmo com a vagina, o ânus ou a boca.
- Retire-a do pênis com cuidado assim que ocorrer a ejaculação, para não correr o risco de o esperma vazar. A camisinha só pode ser usada uma vez.
- Dê um nó na ponta e jogue-a no lixo.

A questão da fidelidade

Mas, como digo ao jovem, o idoso terá de querer usar. E se conscientizar de que há risco de contaminação, em todas as práticas sexuais, mesmo com o parceiro fixo ou a parceira fixa, seja um relacionamento de longa data ou não. Isso porque não são apenas a confiança e a fidelidade que estão em jogo no quadro das doenças sexualmente transmissíveis e da aids. Há muito mais.

E o principal é saber que essas doenças não são transmitidas só pelo sexo – o que joga por terra o item confiança e fidelidade. Pode-se contaminar com a aids fora da cama, ao ter contato com o sangue contaminado, por exemplo. Ou com o HPV, que é o papilomavírus humano (que provoca verrugas na região genital e está relacionado a casos de câncer de colo de útero e outros na região genital): é possível se contaminar com essa doença sexualmente transmissível não apenas pela relação sexual, mas também ao ter contato com objetos contaminados, como toalhas, vasos sanitários e sabonetes.

O que fazer?

Já fez o teste de aids? Todos nós precisamos fazer, em todas as idades, para saber como estão as coisas. O vírus pode ficar anos no organismo sem a doença se manifestar. Saber da existência dele é uma oportunidade para se precaver em relação aos cuidados com a própria saúde (seguindo as orientações dos médicos) e a da pessoa que está ao nosso lado (usando camisinha para evitar contaminações). É preciso ir ao posto de saúde, a um centro de testagem ou ao laboratório particular e fazer o teste. Com coragem. Isso é importante para cuidar da saúde.

Ir ao ginecologista (as mulheres) e ao urologista (os homens) também é importante para checar a saúde da região genital, verificar a existência ou não de infecções ou de DST. Caso elas existam, é importante saber quanto antes, pois os tratamentos costumam ser bastante eficazes quando feitos o mais cedo possível.

A culpa

Se você se contaminou com alguma das DSTs ou com a aids, não se sinta a pessoa mais "errada" e "suja" do mundo. Todos nós estamos sujeitos a isso, em qualquer idade. Sentir-se assim é, mais uma vez, um enorme preconceito. Em vez de se culpar, é hora de concentrar as energias em se cuidar. E em se prevenir – usando camisinha, indo ao médico periodicamente, tratando-se –, para evitar complicações maiores.

Quem se contamina com alguma das doenças sexualmente transmissíveis não deve abandonar a camisinha porque "já está contaminado". Usar o preservativo é uma forma de não transmitir a doença para outras pessoas. E de se proteger para não se contaminar com as outras variadas doenças que existem por aí.

Sexo seguro (lê-se: com uso de camisinha) é a única forma de sexo saudável e prazeroso.

Aposte nisso!

Em qualquer idade.

Desejo, excitação, orgasmo e prazer

Você já percebeu que seu corpo mudou. Os sentidos estão menos apurados – o tato, o olfato, o paladar, a audição e a visão não são mais a mesma coisa. Algumas doenças também vieram para ficar e incomodar: talvez a osteoporose, as questões cardíacas, as implicações na memória e na atenção, enfim, uma série de transformações. Esse é nosso processo de envelhecimento. Funcionamos assim como seres humanos.

Em alguns casos, há complicações na próstata. Ou nos testículos. Ou no útero e nos ovários que precisam ser cirurgicamente extraídos. Ou nas mamas etc. As possibilidades existem, mas o que ocorre varia de uma pessoa para outra. Não há regra. Estamos imersos num processo de desenvolvimento em que fatores hereditários e estilo de vida determinam o que vai acontecer em nosso corpo e na psique (o lado emocional).

Todas essas alterações influem no desejo, na excitação e na obtenção do orgasmo. Mas não aniquilam de vez essas possibilidades. O potencial continua existindo durante a vida inteira.

Difícil de acreditar?

Pode até ser, mas o prazer sexual não envolve só o corpo. Envolve também outras instâncias – e o lado psicológico conta muito. Cada pessoa tem potencial para se estimular com as mais variadas experiências. Algo que pode ser extremamente excitante para uns pode não ser para outros.

O segredo?

É cada pessoa procurar seu jeito de se estimular eroticamente e, de tempos em tempos, ir revendo o que lhe agrada, aquilo de que não gosta mais e o que gostaria de experimentar.

Um lembrete importante: cada corpo é um corpo, com um histórico de saúde e doença. Na velhice, como em qualquer fase da vida, é importante ir ao médico, checar como anda a saúde e seguir as orientações do especialista. Se não houver restrições médicas quanto à prática sexual, em razão de questões orgânicas, então podemos passar à conversa sobre a cama e como pode ser o sexo na terceira idade.

As reações de prazer (e como obtê-las)

Agora vou esclarecer etapa por etapa a relação sexual das pessoas na terceira idade.

> **1ª ETAPA – O DESEJO:** a produção hormonal influi nos mecanismos do desejo sexual. Na terceira idade, com a queda dos níveis hormonais, sofre-se um prejuízo nessa área. Mas o desejo não é desencadeado apenas por fatores orgânicos, como os hormonais. Há muito mais em jogo, e eu poderia fazer uma lista infindável de itens. Para resumir: tudo no mundo pode ser um estímulo erótico para desencadear o desejo, em qualquer idade. Cada pessoa,

entretanto, tem seu jeito de ser e seu "mapa" do que desperta seu desejo. Descubra qual é o seu.

E mais: aproveite algo que não há muito nas fases anteriores: tempo! Neste mundo agitado, falta tempo para poder viver o sexo e descobrir coisas cada vez mais prazerosas. E, em geral, na terceira idade há mais tempo livre do que em outras épocas. Então, que tal aproveitar esse "benefício" adquirido?

2ª ETAPA – A EXCITAÇÃO: como foi dito há pouco, todos os sentidos se alteram com o processo de envelhecimento – há um prejuízo em olfato, tato, paladar, visão e audição. E sexo envolve tudo isso. Então, a fase da estimulação sexual, que ocorre na sequência da fase de desejo, também pode ser prejudicada, pois o tempo que se levava antes para se excitar era menor, afinal os sentidos estavam mais aguçados. Como o tato: as carícias eróticas podem demorar um pouco mais a surtir prazer. Mas não quer dizer que não vão surtir. Surtirão, sim. É preciso entender que o ritmo será outro, menos acelerado. O que pode ajudar? A fantasia! Imaginar coisas excitantes pode ser um poderoso afrodisíaco.

E mais: quanto às reações corporais, como a lubrificação vaginal feminina, que torna a penetração mais prazerosa, e a ereção masculina, aqui talvez seja preciso usar alguns artifícios. No caso da mulher, desde a menopausa ela já pode se beneficiar do uso de géis lubrificantes vaginais à base de água, vendidos em farmácias e que não danificam a camisinha. Quanto aos homens, pode ser que o envelhecimento tenha prejudicado em alguma medida o mecanismo orgânico da ereção. Então, é o caso de procurar um urologista para saber da possibilidade do uso de algum medicamento que favoreça o mecanismo da ereção, ou outro tratamento mais adequado a seu caso. Há solução para tudo. É preciso procurá-la.

3ª ETAPA – O ORGASMO: assim como os sentidos ficam

menos afiados e isso influi no tempo necessário para se excitar, talvez o orgasmo também leve um pouco mais de tempo para vir. Mas vem. E esse tempo varia de pessoa para pessoa. O orgasmo é o ponto máximo da excitação e dura apenas de oito a dez segundos. Uma relação sexual pode ser satisfatória sem que se chegue ao orgasmo. Tudo depende do prazer que cada um estiver sentindo. É um mito achar que sempre tem de ter orgasmo. Não há regra.

E mais: quanto ao homem, é possível chegar ao orgasmo mesmo sem ter uma ereção daquelas. Aliás, há até quem relate ter orgasmo sem ereção. Isso é possível? Sim! E orgasmo não é o mesmo que ejaculação, vale lembrar: ejaculação é a emissão do esperma, que em geral ocorre ao mesmo tempo em que o orgasmo, pois essa emissão desencadeia reações prazerosas nos genitais masculinos. Mas não é a mesma coisa. Ou seja, o homem pode não ejacular, mas mesmo assim chegar ao orgasmo. Isso é muito comum em casos de quem passou por uma grande cirurgia de próstata. O sêmen não sai como antes. Mas dá para continuar sentindo muito prazer.

4ª ETAPA – A RESOLUÇÃO: nessa fase, que ocorre após o orgasmo, o corpo entra num profundo estado de relaxamento. É hora de descansar. Aqui não adianta querer sentir desejo porque não vai sentir. Nem se excitar. Nem ter orgasmo. É uma fase natural de relaxamento do corpo, que ocorre independentemente da idade que você tiver. O que muda é que, com o passar do tempo, essa fase vai se tornando mais prolongada.

E mais: na adolescência ela pode durar quinze minutos apenas. Na velhice, horas ou dias. É assim com todos nós. Mas, se o sexo foi saboroso e satisfatório, por que precisamos ter pressa de alguma coisa? Por que não podemos relaxar e saborear o momento, a fase de resolução, o pós-orgasmo – dure o tempo que durar? Podemos, sim! Daqui a pouco o corpo volta a dar sinais de que está pronto para outra.

Até onde ir

A gente pode fazer o que sentir vontade na cama, respeitando os próprios limites (valores, crenças, jeito de ser e de enxergar a própria vida e o mundo etc.) e, ao mesmo tempo, os limites da pessoa que está a nosso lado.

Então, vale:

- **beijar;**
- **abraçar;**
- **trocar carinho;**
- **masturbar-se;**
- **masturbar o outro;**
- **fazer sexo oral;**
- **receber sexo oral;**
- **fazer penetração vaginal;**
- **variar as posições;**
- **fazer sexo anal;**
- **estimular todo o corpo;**
- **fazer o que mais sentir vontade!**

Uma regra básica: só faça se for de camisinha. E indo só até onde aquilo não fere nem física nem emocionalmente – nem a você, nem a seu companheiro ou companheira. Você decide até onde ir. A vida é sua. Só você pode decidir o que é melhor para você. Siga seu faro, sua intuição, sua voz interior. E faça o que preferir.

Para lidar melhor

Se estiver difícil encarar todas essas transformações corporais e emocionais próprias da terceira idade, pode ser uma boa opção buscar a ajuda de um psicólogo – tanto para os assuntos sobre sexo como para as mais variadas questões de vida e de relacionamentos em geral.

Conversar com o especialista só faz bem. Alivia a cabeça, ajuda a olhar a vida por variados ângulos, dar novos sentidos à existência, se perceber cada vez mais como realmente é... e gostaria de ser! É uma delícia fazer isso.

Capítulo 6

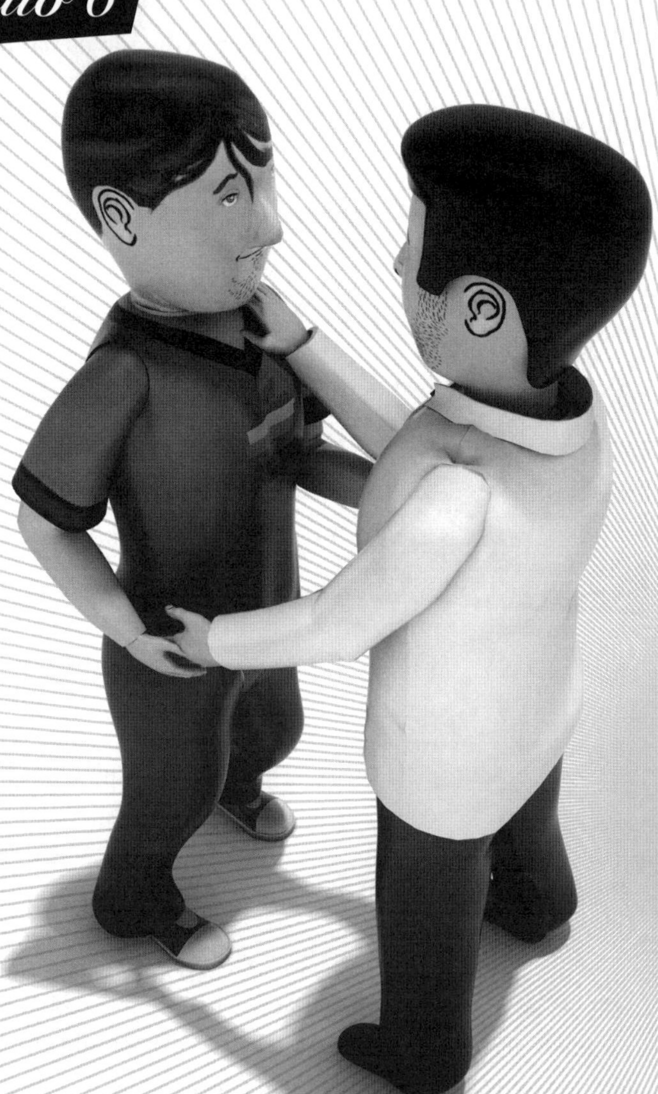

Homossexualidade

Há uma história sobre a natureza humana que eu adoro. Quem escreve é Platão, brilhante filósofo grego, em sua obra *O banquete*. O livro conta a história de um banquete, como traz o título, em que os presentes resolvem discutir sobre o amor. Em um dos discursos é dito:

> ***"Outrora, a natureza humana não era o que hoje é, mas bem diferente. Havia, a princípio, três espécies de homens, e não duas como atualmente: macho e fêmea. O terceiro gênero era formado dos dois primeiros. Extinta a espécie, só o nome sobreviveu: chamavam-se andróginos, porque pelo aspecto e pelo nome lembravam o macho e a fêmea. [...] O corpo dos andróginos era de formas arredondadas. Tinham o dorso e os lados em círculo; tinham quatro mãos, outras tantas pernas, dois rostos perfeitamente iguais. [...] Quando queriam caminhar mais depressa, apoiavam-se sucessivamente sobre as oito mãos e pés e arremessavam-se em movimentos circulares e rápidos, à maneira dos que fazem cambalhotas, girando sobre si mesmos, e de cabeça para baixo".***

A história prossegue contando que Júpiter e outros deuses se assustaram com toda essa força e destreza dos andróginos. Temendo que se tornassem fortes demais – e capazes de afrontar os deuses –, Júpiter ordenou a Apolo que os cortasse ao meio. Apolo seguiu as ordens e, com a pele que sobrou desse corte, formou uma abertura sobre o ventre – que hoje chamamos umbigo, e que serve de eterna lembrança do castigo dos deuses e da metade perdida. E algo mais ocorreu:

> ***"Consumada essa separação, cada parte desejou unir-se à metade de que se desligara. Quando depois se encontravam, atiravam-se nos braços uma da outra, enlaçavam-se tão fortemente que, pelo desejo de se fundirem, se deixavam morrer de fome, inertes. [...] Quando morria uma das metades, a que ficava procurava estreitar-se à outra metade abandonada, quer se tratasse do que hoje chamamos mulher, quer de homem. E assim se extinguiu a raça".***

Na história de Platão, a metade mulher separada por Apolo passava toda a sua existência à procura de sua outra metade, também mulher. E a metade homem, separada a mando dos deuses, fazia o mesmo em relação a sua outra metade, também homem. Uma metade atraía a outra, num incrível desejo de ficar junto, de abraçar, de se fundir novamente. E o filósofo conclui que talvez essa seja uma visão ampliada em torno da homossexualidade: o desejo profundo de se unir a alguém do mesmo sexo em busca de sua metade perdida.

Essa história é linda!

E, a meu ver, nos prepara de um jeito bem interessante para seguir ao próximo tópico, a respeito da homossexualidade.

Definições e dúvidas

- Homossexual. Pessoa que sente desejo por outra do mesmo sexo.
- Bissexual. Homem ou mulher que têm atração por ambos os sexos.

Alguém leu a palavra "doença" em alguma das definições acima? Não? Que bom! Porque não se trata de doença mesmo. Nem de algo "sujo". Ou de "pouca-vergonha". Ou de "errado". Ou de qualquer outro termo pejorativo.

A gente é o que é

Você é homem e sente atração por mulher? Então você é heterossexual. Bom para você saber disso!

Você é homem e sente atração por homem? Então você é homossexual. Bom para você saber disso!

Você é homem e sente atração por homem e por mulher? Então você é bissexual. Bom para você saber disso também!

A mesma ideia se aplica às mulheres. Podemos sentir desejo erótico por quem for. Isso não muda o que somos como seres humanos: nosso valor, nossas potencialidades. Nem o quadro de direitos – e deveres.

O que muda é o preconceito. Se você é homo ou bissexual, terá de lidar com isso. Não dá para tapar o sol com a peneira. O mundo, infelizmente, ainda é muito preconceituoso com tudo o que parece "diferente" de uma maioria.

Falta muito esclarecimento. E capacidade para compreender que não dá para ir contra nossa essência. Isso faz um mal danado a nossa vida.

De onde vem esse "gosto"?

Do mesmo lugar do "gosto" pelos relacionamentos heterossexuais. Somos de uma natureza humana única, que compreende nossa herança genética e tudo o que vivemos desde o dia em que viemos ao mundo. Isso constitui nossa vida. E é desse conjunto que vem nosso jeito de ser, nossas preferências amorosas e sexuais. E não dá (que bom!) para mudar.

Dúvidas e dificuldades

Ser homossexual é visto de maneiras diferentes pelo mundo. Uns lugares com mais preconceito, outros com menos. Gosto de pensar que há locais em que essa bobagem de ser intolerante com o diferente já foi superada. Mas sabemos que ainda há muita gente equivocada e preconceituosa por aí. Esse cenário causa muita complicação, dúvidas, angústias e dores.

Algumas delas, que são queixas comuns de jovens e adultos de variadas idades:

"Não posso ser homossexual porque meus pais não aceitam isso";
"Meus amigos e amigas vão se afastar de mim";
"Minha família vai me rejeitar";
"Sempre me relacionei com o outro sexo, mas agora vejo que não tinha nada a ver. Só que não dá para mudar nessa altura da vida".

E temores:

"O que vão pensar de mim?";
"O que pode me acontecer?";
"O que eu vou pensar de mim?";
"Como eu vou tocar minha vida desse jeito?".

Em qualquer fase da vida, seja na adolescência, seja na fase adulta, após os cinquenta anos ou na terceira idade, deparar com essas dúvidas pode ser algo bastante incômodo e assustador.

Fazer o quê?

O que você quiser! O que decidir!

A vida é sua, como já disse em outras oportunidades neste livro. Então, viva como preferir. Só você pode saber o que é "melhor" para você. Às vezes nos enganamos a nós mesmos, mas isso também faz parte da vida. Cada um faz o que pode e consegue. Cada pessoa é o que é.

Ser o que os outros gostariam que a gente fosse parece complicado demais. Não sei se dá para atingir as expectativas dos outros o tempo todo e na totalidade. Nem sei se a gente deve ter esse objetivo. É algo muito difícil (impossível) de conseguir.

Existe tratamento?

É doença? Não, não é.

Então não há o que tratar.

Fazer esse tipo de "tratamento" é uma ideia absurda. Não dá para deixar de ser homossexual, se essa é sua essência. Claro que você pode guiar sua vida da forma que preferir – e isso inclui o sexo. Ou seja: talvez você decida que quer porque quer agir de uma forma, mesmo que isso vá contra seus desejos mais profundos. Fazer o quê? Quem manda em sua vida é você! Só há um detalhe importante: ser feliz no sexo (e em outros aspectos) talvez signifique viver a própria vida simplesmente como ela é.

Isso inclui descobrir do que você realmente gosta (e do que não gosta) e abrir espaço para saborear, com essa tomada de consciência, seus verdadeiros prazeres.

Experimentações

Muita gente fica na dúvida: será que eu sou homossexual, será que eu não sou? Homens e mulheres se torturam com essa questão.

A vontade de experimentar

E muita gente de várias idades tem vontade de experimentar sexo com alguém do mesmo sexo. E aí? O que eu respondo a essa turma?

Lá vou eu com mais uma frase que eu adoro: cada um faz o

que quer! O que você quer fazer? Pense a respeito. Avalie. Reflita. Conclua. Decida. E se responsabilize pelo que resolveu fazer. A vida é sua. Você é quem tem de avaliar e decidir.

Se você decidiu que quer experimentar uma relação homossexual, então faça isso. Sem culpa. Sem medo. Com coragem para ver se gosta ou não, para observar como se sente. Caso decida que essa é sua praia, então o.k. Caso decida que não é, o.k. também. E, neste último caso, não precisa ficar se punindo pelo resto da vida porque teve uma transa homossexual (ou mais). Foi uma experiência. Ponto final.

Partes do corpo

Há muita confusão também sobre a questão do tesão que muita gente sente em determinadas partes do corpo e o que é ser homossexual. Voltemos à definição de homossexualidade: é quando a pessoa sente desejo erótico por alguém do mesmo sexo.

Alguém leu acima algo sobre partes do corpo? Mais especificamente sobre o ânus? Não? Que bom!

Vamos falar, então, sobre essa área polêmica.

Homens e mulheres têm ânus com terminações nervosas e uma imensa sensibilidade. Os toques no ânus, ou outras carícias, podem surtir muito prazer, independentemente de ser homem ou mulher. Mas, se for homem, não quer dizer que é homossexual? Não necessariamente! Se esse homem sente desejo erótico por mulher e gosta de ser acariciado pela parceira – e não por outro homem –, ele é heterossexual. Ele só seria homossexual se sentisse desejo por outro homem.

As asas da imaginação

Outra questão que gera angústia e confusão é sobre as fantasias eróticas que muitos homens e mulheres têm. Exemplo: diversas pessoas me contam que tiveram um sonho em que transavam com alguém do mesmo sexo – e que tinha sido muito gostoso. Ou que outro dia mesmo estavam na cama e, de repente, uma cena homossexual invadiu a imaginação – o que foi muito excitante. Ou ainda contam que gostam muito de ver na TV ou no cinema as relações amorosas e sexuais entre pessoas do mesmo sexo – acham isso altamente estimulante. Ou qualquer outra coisa que faça parte do terreno da fantasia e da imaginação.

E elas me perguntam:

"Será que sou gay?".

Respondo o seguinte: não necessariamente! Explico: não dá para controlar os sonhos que temos dormindo, nem as imaginações que vêm a nossa mente, nem as fantasias eróticas que ficam em nossa cabeça nos estimulando. Isso faz parte de nossa vida, de nosso jeito de ser, de nossa sexualidade.

Os sonhos podem ter múltiplos sentidos – e até mesmo simbolizar algo que não tenha nada a ver com sexo. Vai de quem sonha, no momento em que sonha. Os sonhos são um recado lá da essência do sonhador para ele mesmo. O significado é único, só daquela pessoa que sonhou.

As imaginações e as fantasias também têm sua função. Podem ser um estímulo erótico poderoso. E ponto. Nada mais. Você pode ficar imaginando um milhão de transas homossexuais, gostando de ver vários filmes etc. Mas, na hora de ir para a prática, sente desejo, se excita e tem prazer com alguém do sexo oposto. Você é o que nesse caso? Heterossexual – quem sente atração erótica por alguém do outro sexo.

Colocando em prática

Sentir vontade de colocar as fantasias e as imaginações em prática é que muda a história de figura.

Se há desejo de ir para a cama com alguém do mesmo sexo, aí pode ser que você seja homossexual.

Essa ida para a cama pode ser uma experiência e parar por aí. Ou render outras e outras...

Não dá para saber de antemão. Só mesmo vivendo para você se perceber.

O sexo entre mulheres

Você é mulher, não é? Pensa, sente, intui, percebe o mundo como mulher. Vive como mulher, tem o corpo de mulher, a alma de mulher. E passa por todas as etapas da vida de qualquer outra mulher.

A diferença?

Quando vai para a cama, gosta de transar com mulher. O.k. Mas seu corpo é o mesmo: então, se estiver na adolescência, ou na fase adulta, ou na fase madura, ou na terceira idade, seu corpo vai ter as mesmas reações que o de qualquer outra mulher nessa mesma etapa.

Quero explicar com isso que sua resposta sexual natural, que consiste em sentir desejo, se excitar, chegar ao orgasmo e depois relaxar, será exatamente como a de todas as mulheres, seja você homossexual ou heterossexual.

Essa é a ideia inicial que eu acho importante ter em mente o tempo todo. Agora posso prosseguir.

DST entre mulheres

Seu corpo e o de sua parceira precisam estar protegidos contra a possível transmissão das DSTs, incluindo a aids. Então, é necessário usar camisinha em todas as práticas sexuais: sexo oral, penetração vaginal e sexo anal. Na masturbação não é preciso. No sexo entre duas mulheres, isso quer dizer que:

> **NO SEXO ORAL** – É preciso usar a camisinha feminina. Eu sei que tem muito lubrificante, que pode ficar com uma cara muito esquisita e mais um milhão de motivos para não usar, mas tem de usar, se você quiser se prevenir;
>
> **A VAGINA** – O contato da mucosa vaginal de uma com a mucosa vaginal da outra pode oferecer risco de contaminação. Ou seja, uma de vocês precisará vestir a camisinha feminina;

O USO DE OBJETOS ERÓTICOS – Caso utilizem objetos eróticos para estimulação do clitóris ou penetração vaginal ou anal, é preciso vesti-los de camisinha. E trocá-la sempre que for usada em uma ou na outra. Caso contrário, os objetos podem ser meios de transporte de vírus e bactérias entre vocês.

Sobre as práticas sexuais

Como foi citado há pouco, seu potencial de sentir desejo, se excitar e atingir o orgasmo é o mesmo, seja você homo ou heterossexual. Agora, como você vai percorrer esse caminho é outra história.

Como?

Do jeito que você e sua parceira quiserem!

Sexo é muito mais amplo do que o ato em si. Envolve trocas das mais variadas, a aproximação do casal, a afetividade, o gostar de estar junto, entre outras coisas. Além disso, há inúmeros pontos eróticos no corpo feminino e eles podem e devem ser descobertos, explorados, experimentados – do jeito como vocês quiserem.

Isso inclui:

- **sexo oral;**
- **masturbação;**
- **beijos e carícias por todo o corpo;**
- **uso de objetos eróticos, vendidos em sex shops;**
- **ou o que mais a imaginação e o desejo permitirem...**

Afinal, a vida – e o prazer sexual – é de vocês!

O sexo entre homens

É necessário fazer aqui o mesmo percurso que fiz para começar o bate-papo com as mulheres que transam com mulheres. Vamos lá:

Você é um homem como outro qualquer – e seu corpo tem

desejo, excitação, orgasmo e período de relaxamento como o de todos os outros homens. Essa é a resposta sexual humana, independentemente de você ser homo ou heterossexual.

Igual a todo mundo

Dito isso, é bom lembrar que você passará por todas as fases da vida, com as transformações corporais e emocionais, os obstáculos e as adaptações por que todos os homens passam – e que influem na cama.

Da pré-adolescência à velhice, seu amadurecimento sexual se processará da mesma forma. Claro que cada um é cada um. Mas quero dizer que, sendo homo ou hétero, viverá basicamente o seguinte:

- **a pré-adolescência e o amadurecimento de seus genitais, com as primeiras ejaculações e ereções;**
- **a adolescência e as primeiras experiências sexuais, cheias de dúvidas, inseguranças, incertezas, ejaculações rápidas e tudo o mais que tiver de ser, mas também de prazeres, descobertas etc.;**
- **a fase adulta jovem e as questões em torno dos relacionamentos eventuais ou fixos, breves ou longos;**
- **a fase adulta madura e a entrada na andropausa, período correlato ao que vivem as mulheres na menopausa, em que há baixas hormonais e, com isso, mudanças no corpo e na cabeça;**
- **a velhice e as dificuldades e os obstáculos dessa fase, mas as inúmeras possibilidades de continuar saboreando esta vida.**

O que muda então?

Apenas a quem se destina seu desejo sexual: a outro homem. Ponto. Só isso. Simples. Mas muita gente – e a sociedade como um todo – adora pôr defeito em tudo e complicar. Não existe defeito. Sua vida sexual pode ser extremamente saudável e prazerosa. Sempre. Basta querer.

E se cuidar!

É importante usar camisinha, seja você homo ou heterossexual, tanto no sexo oral como na penetração. Não há como ser diferente. Nem ficar com aquela história de que "será que precisa mesmo no sexo oral?". Precisa usar, sim. Em todas as práticas sexuais. Desde a primeira vez. Nas ficadas, nos namoros, nos longos relacionamentos.

Já disse anteriormente, mas não custa repetir: sexo prazeroso é sexo saudável. Ou seja, com o uso de camisinha. Então, use.

E seja feliz!

Capítulo 7

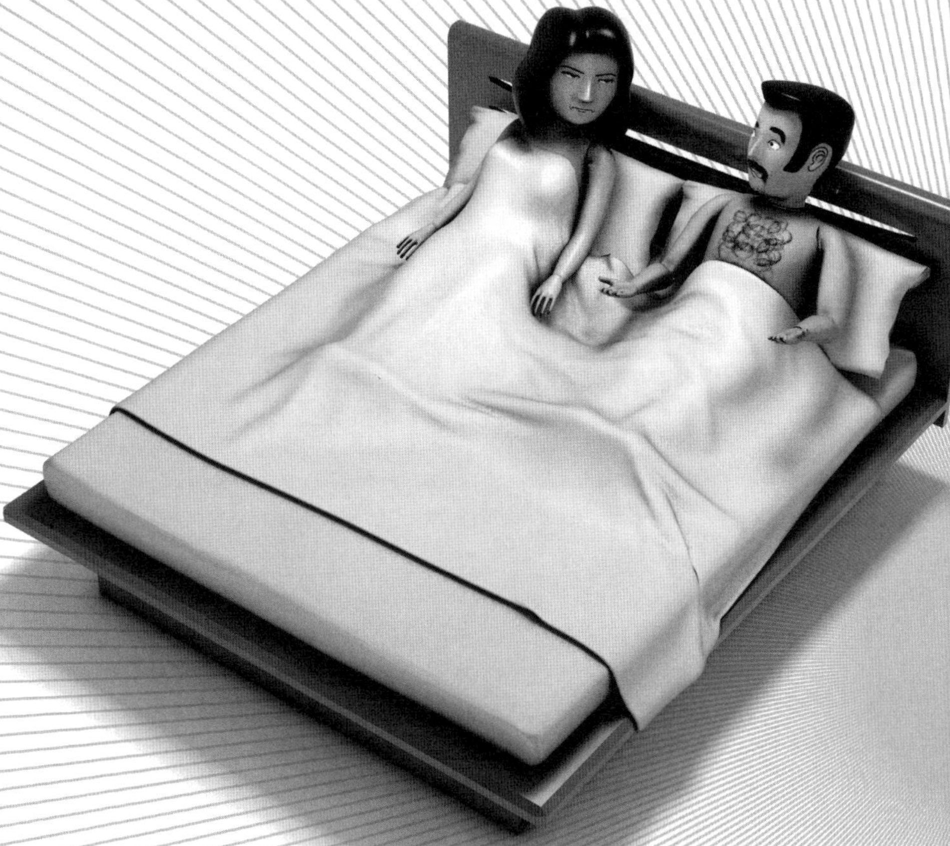

Dificuldades sexuais

Uma parcela significativa dos casais enfrenta, em algum momento da vida, dificuldades sexuais.

Segundo pesquisas, pelo menos 50% das pessoas sofrem com questões incômodas em relação à prática sexual. Entre elas, homens e mulheres de todas as idades, classes sociais e de variadas culturas, solteiros, casados, separados etc.

Muita gente passa por isso

Ou seja: se você tem dificuldades sexuais, saiba que não é um extraterrestre. Como você, muitas pessoas também passam por isso. Por todos os lados, em todos os cantos do mundo, há quem se queixe de dificuldades com o desejo, o orgasmo, a penetração, a ereção, a ejaculação etc.

A diferença

Mas o que diferencia uns dos outros?

É que uma pequena parcela abre os olhos, se mexe e busca ajuda especializada para se livrar da dificuldade. Não há solução mágica, mas os tratamentos, quando feitos com profissionais especializados e de qualidade, e o empenho das pessoas que estão sofrendo da dificuldade podem dar excelentes resultados.

Está esperando o quê?

As pesquisas mostram também que muitas pessoas ficam sofrendo, sofrendo. E acabam deixando a questão para lá. Isso é triste! Por que precisam ficar o restante da existência se amargurando com algo que pode ser tratado?

Outras pessoas levam um tempão para procurar tratamento: homens com dificuldade de ereção, por exemplo, às vezes chegam aos consultórios de psicologia e de urologia só depois de anos de profundo sofrimento. Mas ainda bem que decidem ir um dia. Mulheres com questões que as impedem de chegar ao orgasmo ou ter prazer também costumam demorar anos para descobrir que dá para ser diferente: em alguns casos, vivem da adolescência até os trinta, quarenta anos de idade sem nunca ter tido um orgasmo nem buscado ajuda. Uma hora despertam para a questão. Conseguem se tratar. E a vida, como um todo, parece mudar até de cor.

Esses são apenas alguns dos milhares de exemplos que temos por aí e que a todo momento chegam aos consultórios psicológicos e médicos do país. Ou seja, em questões sexuais como essas, vale o ditado:

Antes tarde do que nunca!

Para toda dificuldade sexual, há alguma solução.

Mas é preciso ir buscá-la! Não tenha vergonha de estar vivendo esse momento tão difícil e delicado. A vida é assim mesmo, cheia de altos e baixos. Isso só mostra que você é uma pessoa tão humana como qualquer outro ser na face da Terra.

Acalme-se, dê um chega para lá nos temores e siga em busca da "volta por cima". Seu bem-estar (e seu prazer) agradece. Que tal começar conhecendo um pouco mais as principais dificuldades sexuais que existem por aí?

Vaginismo

Uma parcela significativa das mulheres adultas nunca conseguiu fazer sexo com penetração vaginal. Num primeiro momento, acreditam que há algo de errado com a vagina: pensam que nasceram com algum defeito, como com as paredes coladas ou o orifício da vagina "fechado", o que faz com que sejam diferentes das outras mulheres e não consigam transar. No entanto, uma avaliação médica comprova que a vagina delas é perfeitamente normal.

"O que está acontecendo comigo, então?", elas se desesperam. Em muitos casos, são casadas e queixam-se da impossibilidade não só de sentir prazer dessa forma, mas também de ter filhos, pois não conseguem a penetração vaginal. O casal fica balançado. É uma questão muito delicada. Mas tem solução: há questões emocionais em jogo, e isso requer tratamento com um psicólogo.

O QUE É? **Impossibilidade de fazer sexo com penetração vaginal.**
ATINGE A QUEM? **Por volta de 10% das mulheres adultas.**
QUAIS SÃO AS CAUSAS? **Em geral, são psicológicas: temores dos mais variados, inseguranças, valores vindos de uma educação sexual repressora, desconhecimento do próprio corpo e do funcionamento sexual da mulher.**
O QUE FAZER? **Procurar ajuda psicológica para uma psicoterapia, em que serão levantadas as crenças, as angústias e as dificuldades dessa pessoa e o que pode ser transformado; encaminhamento para avaliação médica de um ginecologista, para verificar a saúde dos genitais e reforçar a ideia de que a vagina da paciente não tem "defeito" nem é "colada". A dificuldade da penetração vaginal vem da contração involuntária da musculatura na hora do sexo desencadeada pelos temores e por outras questões psicológicas. Não é possível prever por quanto tempo se estenderá o tratamento. Cada mulher terá seu ritmo próprio.**

Dor na penetração

Uma parcela de mulheres, de todas as idades, se queixa de dores na penetração. Ou de certo incômodo. O problema é que a maioria muitas vezes se conforma com a situação: "Sexo é assim mesmo", elas pensam. Mas estão equivocadas. Sexo é para ser prazeroso, e não dolorido. Quando está doendo, há algo de errado e é preciso descobrir o que é. Não dá para simplesmente se conformar. E sofrer!

Pode ser uma questão simples e que você já resolve na hora. Por exemplo, no meio da transa, vocês fazem uma posição que dói. Aí mudam de posição e para de doer. Aí é possível que: 1. seu corpo não se adapta àquela posição (e é só não fazer mais); e/ou 2. aquela dor pode ser sinal de que há algum problema com sua saúde ginecológica (e aí você terá de tratar com um ginecologista). Mas há variadas possibilidades de causas para a dor na penetração. Seja qual for o motivo, o ideal é você ficar atenta ao primeiro sinal de dor. E ir, imediatamente, em busca de explicações e do tratamento. Confira.

O QUE É? **Dores e incômodos durante a relação sexual com penetração. É diferente de vaginismo, em que há uma total impossibilidade de penetração. Aqui, a penetração vaginal ocorre, mas é dolorosa, incômoda.**
ATINGE A QUEM? **Entre 10% e 15% das mulheres, em variadas etapas da vida. A dificuldade pode voltar, para algumas mulheres, em determinadas fases de seu desenvolvimento.**
QUAIS SÃO AS CAUSAS? **Podem ser orgânicas, emocionais ou comportamentais, ou um misto de todas. Vamos por partes:**

A) **ORGÂNICAS:** isso se refere a infecções, traumatismos ou doenças sexualmente transmissíveis, ou até mesmo distúrbios hormonais fora de época ou em fases esperadas, como no climatério e na menopausa. Tudo isso pode alterar a região vaginal, sua mucosa, sua elasticidade e sua capacidade de lubrificação, além de provocar outros danos corporais, em especial ao colo do útero, desencadeando dores quando a penetração é mais profunda;

B) **COMPORTAMENTAIS:** essas se referem ao aprendizado equivocado e ao desconhecimento do próprio corpo: para a penetração ser prazerosa, o corpo feminino precisa estar preparado, ou seja, a mulher tem de estar bastante excitada para que sua vagina se alargue naturalmente, se aprofunde e se lubrifique para receber o pênis, ajustando-se a ele e trazendo reações de prazer. Caso contrário, a penetração pode ser incômoda, dolorida. Isso quer dizer que nem sempre dá para começar a transa logo com a penetração. A mulher pode precisar das carícias preliminares, como sexo oral ou masturbação, para se preaquecer;

C) **PSICOLÓGICAS:** podem vir isoladas ou como consequência das orgânicas e/ou das comportamentais: ela vai transar pensando "vai doer, vai doer", e não consegue relaxar e curtir. Aí dói mesmo, virando um ciclo vicioso.

O QUE FAZER? **Buscar ajuda de um psicólogo e, ao mesmo tempo, do ginecologista. As causas orgânicas precisarão ser verificadas e tratadas com o acompanhamento médico. Já as emocionais e as comportamentais precisarão ser vistas com o acompanhamento psicológico, durante uma psicoterapia. Em muitos casos, a mulher sente dores há bastante tempo, seja por qual causa for, e isso já provocou danos psicológicos importantes, que requerem um cuidado especial. Não dá para determinar a duração dos tratamentos. Quanto antes procurar ajuda especializada, mais cedo se livrará da dificuldade. Há solução. Mas não mágica.**

Dificuldade de ter orgasmo

Ninguém nasce sabendo como chegar lá. Ao contrário. Não costuma ser tão simples assim de aprender! Há ainda as mulheres que têm orgasmo, sim, mas o desvalorizam e se questionam: "Será que é só isso mesmo?". Isso tudo é muito comum. No entanto, quem nunca teve orgasmo ou tem dificuldade para chegar lá em algumas (ou muitas) relações sexuais desconsidera as possibilidades acima. E outras tantas mais, como a de buscar ajuda e reverter essa situação quanto antes.

Acontece que é difícil mesmo saber o que fazer numa hora dessas. A mulher se desespera, se sente um lixo, acha que nunca conseguirá ser feliz na cama ou até mesmo que, por alguma razão, não merece esse prazer. É um misto de sentimentos nada agradáveis, além de muitas cobranças: de si mesma e, em diversos casos, do parceiro também.

Ter orgasmo virou obrigação!

E obrigação não combina com prazer. As cobranças complicam mais as coisas – e o orgasmo não vem mesmo. Então, quem não tem orgasmo não tem saída? Nada disso! Há muitas possibilidades de solução. Aqui um pouco mais sobre o que pode estar ocorrendo e como é possível mudar.

O QUE É? **É a impossibilidade de chegar ao clímax sexual (o orgasmo), em algumas ou em todas as situações.**
ATINGE A QUEM? **Aproximadamente 30% das mulheres, entre adolescentes, adultas e idosas. Uma parcela delas nunca chegou lá.**
QUAIS SÃO AS CAUSAS? **São variadas e em quase a totalidade dos casos envolve questões psicológicas, que incluem a história de vida da pessoa com suas crenças, seus valores, suas expectativas e seus aprendizados sexuais e sobre o funcionamento corporal, bem como seus temores e, em alguns casos, bloqueios e traumas. Mas podem também se relacionar a alguma interferência orgânica:**

CRENÇAS E VALORES: a mulher pode acreditar que "mulher não tem orgasmo", ou "precisa sempre servir ao homem", ou "não pode demonstrar prazer", ou "não pode se masturbar", ou "não pode receber sexo oral, só fazer", ou "a vagina é feia e suja", ou "mulher velha não pode ser assanhada dessa forma", ou "sexo é ruim para a mulher mesmo", ou alguma outra ideia equivocada. Aí fica realmente complicado ter orgasmo! É muita ideia desestimulante, limitadora, repressora – e que requer, urgentemente, uma profunda revisão;

EXPECTATIVAS: em muitos casos, a mulher fica na expectativa de que é o homem quem "dará" o orgasmo a ela. Mas não é bem assim que as coisas funcionam. Claro que, numa relação a dois, a ideia é que ambos estejam se estimulando e proporcionando prazer um ao outro. Mas o orgasmo feminino é de responsabilidade da mulher: é ela quem terá de descobrir o(s) caminho(s) para chegar até lá e, aos poucos, contar para o parceiro (demonstrar a ele, ensiná-lo, conduzi-lo);

APRENDIZADOS: é importante conhecer o próprio corpo (na teoria e na prática) para saber como ele funciona na hora do sexo. Como é a região genital, quais são os pontos eróticos espalhados por todo o corpo, as alterações que ocorrem no organismo ao longo do tempo, as reações de prazer dos genitais, o que se passa na resposta sexual humana, bem como seus gostos, seus desejos, suas fantasias, suas formas de se excitar etc. Muitas mulheres não sabem nada disso;

TEMORES: medo de não chegar lá, medo de não agradar ao parceiro, medo de não conseguir fazer nada direito, medo de não sentir o mínimo de prazer, medo de doer ou incomodar, medo de pegar alguma doença ou de engravidar etc. A mulher tem uma infinidade de temores em relação ao sexo. Mas às vezes eles se tornam grandes demais – e acabam sendo nocivos ou fatais ao prazer. Assim, ela fica muito ansiosa, tensa e preocupada, não consegue relaxar nem entrar no clima erótico – e fica impossível ter orgasmo;

BLOQUEIOS E TRAUMAS: não é incomum a mulher ter vivido alguma experiência sexual na infância, na juventude, na fase adulta ou até na velhice que tenha deixado marcas profundas, doloridas. Em muitos casos, é impensável. Dói tanto que nem dá para se lembrar dela: a psique se incumbe de escondê-la em algum canto bem escuro. Mas ela existiu. Pode ser um abuso sexual na infância ou na juventude, um estupro em alguma fase da vida. Ou uma transa com consentimento que não ocorreu como o esperado e/ou acabou muito mal, deixando uma sensação esquisita, incômoda, ruim. Isso ocorre, infelizmente. E interfere na vida como um todo, em especial nas relações amorosas e sexuais. Como essa interferência se dará, isso varia de pessoa para pessoa;

INTERFERÊNCIAS ORGÂNICAS: quando a mulher tem alguma infecção vaginal, alguma doença sexualmente transmissível, um tipo de alergia na região genital ou distúrbios hormonais que provocam uma série de alterações no organismo (como os que ocorrem no climatério e na menopausa), as carícias, antes prazerosas, podem provocar ardência, coceira, incômodo e até dor. Com isso, fica difícil se excitar (ou até mesmo sentir vontade de transar!). E sem tesão não se chega mesmo ao orgasmo.

O QUE FAZER? Buscar a ajuda de um psicólogo é o tratamento mais indicado para a maioria dos casos, para que a mulher inicie um caminho de descoberta sobre si mesma, com suas questões delicadas, complexas e profundas. Nesse percurso, é possível se perceber melhor e, aos poucos, descobrir como lidar com a obtenção de prazer sexual, entre outras coisas importantes. É fundamental também a visita a um ginecologista para verificar a existência, ou não, de interferências orgânicas nas reações de prazer –

e em sua saúde – e realizar o tratamento adequado. Aqui também não dá para prever o tempo de duração do tratamento psicológico: o caminho de descoberta sobre si mesma é infinito, mas no meio dele é possível, sim, encontrar muito prazer.

Em alguns casos, no entanto, a questão é bem mais simples do que parece: falta uma informação ou outra, como conhecer um pouco mais o funcionamento do próprio corpo, na teoria e na prática. É preciso informar-se (em livros como este ou onde mais achar interessante) e observar-se de perto, tocar-se, acariciar-se, procurar seu "mapa de prazer", sozinha, durante a masturbação etc. E depois ensinar o caminho de seu prazer a seu parceiro. Isso pode ser o suficiente para descobrir como chegar lá e passar a ter muito prazer na cama.

Falta de desejo

O QUE É? **A falta total de vontade de fazer sexo ou a ausência de vontade em alguns momentos, fases ou situações.**
ATINGE A QUEM? **Pelo menos um terço dos homens e das mulheres, segundo as pesquisas, em variadas faixas etárias.**
QUAIS SÃO AS CAUSAS? **Um tanto variadas, incluem questões orgânicas (em especial alterações hormonais), comportamentais (hábitos, costumes, jeito de levar a vida) e psicológicas (valores, crenças, inibições, expectativas, dificuldades dentro e fora da cama, perdas etc.). Em geral, não há uma explicação única para a baixa ou ausência de desejo em homens e mulheres. Muitas causas se somam:**

ALTERAÇÕES HORMONAIS: a baixa dos hormônios sexuais masculinos e femininos, que pode ocorrer com homens e mulheres por volta dos cinquenta anos, fruto do processo natural de envelhecimento, provoca uma série de transformações orgânicas e emocionais. Esse conjunto todo de mudanças pode afetar o desejo sexual. Há casos também em que, por questões de saúde que precisam ser investigadas, o homem ou a mulher apresentam uma oscilação hormonal significativa. Ou em momentos específicos da vida, em que as alterações hormonais são necessárias, como quando a mulher está grávida ou teve o parto há pouco tempo;

ESTILO DE VIDA: muitas pessoas não abrem espaço na agenda para viver o sexo, a relação amorosa, os encontros eróticos. Falta, então, tempo para estimular o desejo. E aí ele não vem mesmo. Ou vai embora... Também não dá para marcar hora para o sexo: tem de ser domingo de manhã, ou sexta à noite, ou dia tal na hora tal, ou na viagem de férias, ou sei lá quando. Sexo não combina com obrigação. Desejo, idem. Claro que com a vida agitada dos tempos modernos fica mesmo difícil ter tempo para o prazer. Mas não quer dizer que, quando há tempo livre, você precise se obrigar a fazer sexo. Assim fica muito chato. Assim perde a graça, o encanto. Assim perde o tesão. E não há desejo que resista;

INIBIÇÕES: essa lista pode ser enorme. Uma mesma pessoa pode ter várias delas, ou apenas uma ou outra inibição. Não importa: sejam quantas forem nossas inibições, elas podem atrapalhar mesmo na hora da cama. Em especial o desejo, que é o começo de todo o desenrolar da vivência sexual. Algumas ideias ou crenças que inibem: "Tenho o pênis pequeno demais para transar"; "Minha vagina tem aparência, gosto e odor ruins"; "Tenho vergonha do meu corpo"; "Tenho vergonha da minha idade avançada"; "Não sei ousar na cama"; "Queria experimentar sexo oral (ou anal, ou mudar as posições, ou usar um brinquedo erótico etc.), mas acho meio errado"; "Tenho medo de falhar"; "Tenho medo de ejacular rápido"; "Tenho medo de não chegar ao orgasmo"; "Tenho medo de sentir dores"; "Tenho medo de sair tudo errado"; "Tenho medo do que vão achar de mim" etc.;

DIFICULDADES FORA DA CAMA: tudo o que acontece na vida pode influir em nosso desejo sexual. Não temos um botão de "liga" e outro de "desliga". Tudo o que acontece conosco está interligado de alguma forma e vai se somando às experiências anteriores. Um exemplo: se temos muitos problemas no trabalho, pode ser que isso nos deixe com a cabeça cheia de preocupações, de irritações e sem pique para qualquer outra coisa. Entre elas, o sexo. Outro exemplo: o casal anda brigando feito louco. Mágoas e mágoas se acumulam. Os dois estão irritados um com o outro, sem vontade de chegar perto. E sexo é uma proximidade danada! Como vai dar desejo?;

DIFICULDADES DENTRO DA CAMA: experiências sexuais anteriores que não foram muito legais podem desanimar homens e mulheres em qualquer fase da vida. Por exemplo: o homem começou a apresentar dificuldades de ter ereção. Pode ser que nem ele nem a parceira queiram ir para a cama. Essa dificuldade incomoda, dói na alma, e dá vontade de ficar bem longe dela. Como? Às vezes, evitando sexo. E o desejo? Vai indo embora. Outro exemplo: pode ser que a mulher não consiga sentir prazer. Dói, não tem orgasmo. Aí ela vai desanimando, se frustrando e chega a não estar mais a fim de tentar. O parceiro também pode ir perdendo o pique. E o desejo? Já foi embora;

PERDAS: perder o emprego ou alguém querido, viver uma separação amorosa, não conseguir uma vaga na faculdade etc. Qualquer tipo de perda dá um sofrimento danado. Por um tempo, que varia de uma pessoa para outra, fica-se triste mesmo, sem ânimo, sem pique para fazer qualquer coisa, o que inclui o sexo. Não dá vontade. Não há desejo mesmo.

O QUE FAZER? Em alguns casos, atitudes simples como abrir espaço na agenda para ter momentos gostosos de lazer, namorar sem pressa, beijar, abraçar, transar podem resolver a questão. Em outros, pode ser necessária a ajuda de dois tipos de especialistas: 1. para investigar e lidar com

as questões emocionais, visitar um psicólogo; 2. para investigar e tratar as orgânicas, procurar atendimento com um médico (ginecologista para as mulheres, urologista para os homens). A solução pode vir logo ou demorar um pouco mais. Varia caso a caso. Mas com calma é possível chegar lá!

Dificuldade de ter ereção

Esse é o grande temor da vida sexual masculina. O homem que perde a ereção ou falha de vez em quando fica mal. Dá mesmo um enorme sentimento de menos valia que muitas vezes contamina todos os outros setores da vida: o trabalho, a vida social, a vida familiar, os relacionamentos amorosos e sexuais etc.

Ninguém é perfeito!

O que o homem precisa saber é que todo mundo pode falhar um dia, ou vez ou outra. Não somos deuses. Não somos perfeitos. Somos seres humanos falíveis. Isso é natural! O problema é que muita gente falha uma vez e vai logo se torturando, se preocupando extremamente, se angustiando demais e... assim, aumentando as probabilidades de falhar de novo.

Calma!

Pode ter sido algo do momento. E só. Sei que é complicado, ruim, difícil de lidar. Mas pode ocorrer a qualquer um! Você não é o último dos mortais apenas por isso. Aconteceu. Pare de se punir e se culpar tanto! Isso não é saudável.

Há solução!

Existem casos, no entanto, em que a dificuldade de ereção já vem de longa data. É hora de virar esse jogo. Há solução para todos os casos.

O QUE É? A dificuldade de ter e/ou de manter a ereção algumas vezes, ou em situações específicas, ou em diversos momentos, ou na totalidade das relações sexuais.

ATINGE A QUEM? **Homens de todas as faixas etárias; segundo pesquisas, pelo menos metade dos homens apresenta alguma dificuldade de ereção em algum momento da vida.**
QUAIS SÃO AS CAUSAS? **Há várias possibilidades. Em geral, não há causa isolada. E isso independe da idade que você tem:**

ORGÂNICAS: algo de seu corpo que esteja influindo no mecanismo natural da ereção. Pode ser fruto de uma alteração hormonal, do processo de envelhecimento, de hábitos não saudáveis de vida ou de uma série de doenças;
COMPORTAMENTAIS: algo de seus hábitos diários que esteja atrapalhando o sexo, o desejo sexual e sua consequente excitação. Como falta de tempo para transar. Ou uma agenda exaustiva. Ou horários e locais dedicados ao sexo que não sejam de seu agrado ou adequados ao mesmo: transar na hora em que você está cansado demais, com a porta do quarto sem trancar e com o risco de alguém entrar a qualquer momento etc.;
EMOCIONAIS: algo de seu lado psicológico que esteja desencadeando muita ansiedade. Isso libera altas doses de adrenalina na corrente sanguínea, o que faz com que o pênis fique flácido. Ou nem chegue a ter ereção. Você pode estar ou ficar muito ansioso por uma série de fatores: problemas no trabalho ou em outra área qualquer, bem como no relacionamento amoroso; desentendimentos dos mais variados, mágoas, raivas, irritações; cobranças em relação a si mesmo e a seu desempenho físico e sexual, entre elas ao tamanho de seu pênis (não, ele não é pequeno!); temores e preocupações diante de situações já conhecidas e que o assustam muito, como ir para a cama depois de ter falhado anteriormente, ou novas e igualmente assustadoras, como ir para a cama pela primeira vez com aquela mulher que você sempre quis. Entre outras questões.

O QUE FAZER? Antes de tudo, parar de se sentir o último dos homens da face da Terra. Muita gente passa por isso. Ou seja, pode acontecer a qualquer um. Não se culpe nem se puna tanto por isso. O próximo passo é perder a vergonha de si mesmo e se encorajar a procurar, simultaneamente, dois tipos de "socorro":

1. **ATENDIMENTO PSICOLÓGICO** – O psicólogo vai investigar as causas emocionais (e também as comportamentais) que estão atrapalhando as coisas. Mas lembre: não dá para fazer mágica! Nem querer estipular um prazo. Tratamento psicológico não é como ir cortar o cabelo: marca uma hora, senta-se à frente do barbeiro ou cabeleireiro e sai de lá de cara nova. É algo de outra natureza. Em meu consultório, você marca um horário fixo semanal, só seu, ou marca um horário fixo semanal para vir com sua parceira, e aí a gente conversa. Sobre o quê? Sobre o que o angustia no sexo e na vida como um todo. Não há roteiro preestabelecido nem varinha de condão. O objetivo é, respeitando seu tempo de assimilação interna (que não tem nada a ver com esse tempo corrido da vida aí fora), que você vá descobrindo e percebendo melhor seu jeito de ser e de lidar com suas questões. O que interfere no sexo e em sua ereção;
2. **ATENDIMENTO MÉDICO** – O urologista fará os exames necessários para verificar como andam seu corpo e sua região genital. O objetivo é checar se há alguma questão de saúde ou qualquer dificuldade orgânica atrapalhando o mecanismo da ereção: problemas na circulação sanguínea, com os hormônios ou em qualquer parte do corpo. Se algo for detectado, por exemplo, interferindo no mecanismo orgânico da ereção, talvez seja o caso de experimentar o uso dos medicamentos que a favoreçam, sempre com o acompanhamento médico. Já os casos de complicações orgânicas mais graves podem requerer a colocação de próteses.

> Isso não é o fim do mundo, mas exige muita calma nessa hora. Antes de partir para uma solução dessas, é importante ouvir a opinião de vários especialistas.

Ou seja, você é um ser único. As outras pessoas também são. Então, cada caso é um caso. Por isso, não basta achar que "é só comprar um remedinho que resolve". A dificuldade de ter ereção, como a gente acabou de ver, envolve uma série de questões, que podem ser bem mais complexas do que se pensa. Mas há tratamento.

Ejaculação rápida ou precoce

Isso incomoda muitas pessoas. Deixa o homem desconcertado, sem jeito. Deixa a mulher irritada, "na mão". Mas acontece! Pode ocorrer com qualquer um, em qualquer idade.

Conhecendo o corpo

Claro que pode ser uma questão de conhecimento do próprio corpo e aprendizado sobre como controlar as ejaculações. E aí fica mais simples de resolver: basta você se masturbar e ir tentando perceber em que momento está perto do orgasmo – e como pode fazer para adiá-lo um pouco mais.

Você pode encarar isso como um exercício mesmo. Terá de "treinar" o jeito de ir se aproximando do orgasmo e, ao mesmo tempo, adiá-lo um pouco mais. Escolha sempre um local em que você possa ficar sossegado, sem o risco de ser interrompido de repente. E repita o "treino" quanto achar necessário. Sempre com muita calma. Afinal, se esse exercício de descoberta é algo tão gostoso, para que pressa?

Ansiedade: a grande vilã

Mas pode haver outras questões mais complexas em jogo. E que envolvem altas doses de ansiedade, a grande vilã da ejaculação rápida de homens de todas as idades. De qualquer forma, existe solução.

O QUE É? A emissão do esperma "muito rápido" durante a relação sexual, ou seja, em um período de tempo muito inferior ao que você gostaria para considerar aquela transa prazerosa.
ATINGE A QUEM? Homens de todas as idades, sendo muito comum na fase de iniciação sexual, em que quase dois terços dos garotos apresentam episódios, e em etapas da vida de grande ansiedade.
QUAIS SÃO AS CAUSAS? A ansiedade em excesso é a principal causa da dificuldade de controlar a ejaculação. E ela pode estar presente em variadas situações.

NA INICIAÇÃO SEXUAL: como aqui o sexo é muito novo, cheio de coisas ainda desconhecidas, é comum isso gerar preocupações e temores dos mais variados, o que pode provocar uma grande ansiedade, levando o garoto a ejacular muito rápido.

NA FALTA DE LOCAL ADEQUADO: há quem faça sexo em locais em que é constante o risco de ser flagrado por outras pessoas. Ou onde é preciso "acabar logo", fazer "rapidinho". Prato cheio para alavancar muita ansiedade. E a ejaculação? Ih, já rolou...

NOS ALTOS E BAIXOS DA VIDA: você foi promovido e não se contém de tanta alegria. E expectativas com o novo cargo. E muita ansiedade! Ou você perdeu o emprego e não sabe o que vai fazer com aquela pilha de contas para pagar. Dá-lhe preocupação! Dá-lhe ansiedade! E o que ocorre fora da cama, como já foi dito neste livro, pode interferir de várias maneiras no prazer sexual.

NAS ALTERAÇÕES CORPORAIS: seu corpo muda com o passar do tempo. Todo mundo vai envelhecendo a cada dia de vida. Além disso, questões com a saúde vão surpreendê-lo pelo meio do caminho. O sexo fica diferente. Terá de fazer ajustes, adaptações. Isso pode assustar. Dá medo mesmo. E ansiedade! Às vezes, muita (e talvez rapidinho a ejaculação).

NAS CRISES A DOIS: por exemplo, você e a parceira andam se desentendendo. Isso deixa qualquer pessoa chateada, irritada, tensa, ansiosa. Você até vai para a cama com ela, mas chateado, irritado, tenso, ansioso... E querendo acabar logo! Pronto: já foi.

NAS NOVAS CONQUISTAS: não importa se você acabou de conhecer a pessoa ou se está batalhando a conquista faz tempo: o primeiro encontro sexual não é fácil. Pode haver altas doses de cobrança, de expectativas, preocupações, temores e ansiedade. Ejacular rápido pode ser uma consequência natural.

O QUE FAZER? É difícil lidar com tudo isso. Mas existe saída, sim. O problema é que, geralmente, quem ejacula "rápido" quer também uma solução "rápida" para sua dificuldade. Aí não dá! O primeiro passo talvez seja você respirar fundo e tomar consciência de quanto anda acelerando a vida como um todo – e não só a ejaculação! Perceber isso já pode ser transformador. O desafio será, desde o início, baixar essa ansiedade. Talvez você consiga sozinho, olhando para questões como as descritas anteriormente, entre outras tantas mais. Ou talvez precise buscar a ajuda de um psicólogo para fazer esse percurso e, aos poucos, se perceber melhor, se aceitar e aprender a lidar com as mais variadas questões.

Casos mais graves

Há casos, no entanto, em que se está num momento de ansiedades agudas, quase insuportáveis. Momentos mais graves como esses requerem, além de psicólogo, atendimento de um médico psiquiatra, que recomendará a medicação mais adequada para aliviar toda essa pressão.

Um mundo de descobertas

No sexo, há sempre um mundo de descobertas. Explorá-lo, por si só, já pode ser algo extremamente excitante e transformador.

Então, boa viagem!

E vamos continuar a nossa pelas páginas deste livro...

Espero que esteja fazendo algumas descobertas, pois ainda há muita coisa para conversarmos.

Capítulo 8

Práticas sexuais

Há um mundo de possibilidades de viver o prazer sexual.

A masturbação, o sexo oral, a penetração vaginal e o sexo anal são as quatro práticas principais. Mas que podem se desdobrar em uma infinidade de maneiras de dar, e de receber, o prazer!

Muita gente quer saber quais dessas práticas são as mais prazerosas: do que os homens mais gostam, o que mais estimula as mulheres. E a resposta que sempre costumo dar é: mais uma vez, não há regras. Há quem se excite muito com a penetração vaginal, por exemplo. Mas há também quem não sinta tanto prazer assim com essa prática. O que há de errado nisso? Nada! Estamos falando apenas do jeito de ser de cada um.

O mesmo vale para o sexo anal. Uma questão freqüente, que sempre ouço nas palestras que dou por todo o Brasil, é: mulher pode sentir prazer com o sexo anal? E eu respondo com uma pergunta: por que não? Claro que há quem não goste mesmo. E, aí, não dá para forçar a barra, não é verdade? Sexo é para ser um prazer... Se um não gosta de algo, cadê o tal do prazer? Mas há quem se excite sim com a prática anal e chegue até ao orgasmo. Varia de pessoa para pessoa.

O sexo oral e a masturbação seguem a mesma idéia: faz quem quer! Faz quem gosta. Faz quem sente vontade. No fundo, isso vale para todas as práticas sexuais. Pensar assim é um jeito interessante de lidar com limites e possibilidades: o gostoso é quando a gente respeita os próprios limites e os da pessoa que está ao lado; mas também quando se abre a possibilidades de experimentar coisas novas. E sempre até onde cada um achar que pode – e deve – ir!

Aqui também vale lembrar algo que você já sabe: tem de usar camisinha sempre!

Precisa usar:
- **no sexo oral;**
- **na penetração vaginal;**
- **no sexo anal.**

Só não precisa:
- **na masturbação.**

Essas são apenas algumas idéias iniciais.

E vamos logo conversar mais detalhadamente sobre cada uma dessas práticas...

Masturbação

Há muitos mitos em torno da masturbação, fruto de séculos de repressão sexual, com proibições e mais proibições. No entanto, é bom saber que:

NÃO VICIA – Você pode se masturbar quantas vezes quiser, na frequência que preferir e do jeito que quiser. Isso não vai viciá-lo ou viciá-la. O vício, ou a compulsão sexual, é outra coisa muito mais complexa do que isso. É como outro vício qualquer, como por drogas, álcool ou jogo: a pessoa não consegue se livrar daquilo. No caso do sexo, por mais que tenha transas e mais transas, nunca está bom, nunca se satisfaz, está sempre se torturando e a vida se torna muito empobrecida, com um foco só. Isso é o vício – e requer tratamento psicológico, com o apoio do psiquiatra. Não é o seu caso! Pode se masturbar à vontade;

MULHER PODE FAZER TAMBÉM – Não é uma prática exclusivamente masculina, como uma parcela das pessoas ainda acredita. Mulher pode se masturbar quanto quiser. Não é feio. Não é errado. Não é sujo. Mas, infelizmente, 30% das mulheres, segundo pesquisas científicas, não têm coragem de tocar o próprio corpo, por acreditar que é feio, é errado, é sujo. Ou outra ideia equivocada. Claro que cada pessoa é única, com seu conjunto de valores e crenças. Isso precisa ser respeitado. Então, faz quem quer! Agora, se você é mulher e sente vontade de se masturbar, divirta-se! Sem medo. Sem culpa. Sem preconceito;

QUEM ESTÁ CASADO TAMBÉM PODE – Outra ideia equivocada é a de que quem está num namoro sério, num casamento ou num relacionamento fixo não pode sentir vontade de se masturbar. Pode, sim! E isso não quer dizer que a pessoa que está com você "não está dando conta" de lhe satisfazer. Isso pode até ser verdade, em alguns casos. Mas também pode ser que, simplesmente, você adora se masturbar. E aí? Vai ter de parar de fazer isso só porque está num relacionamento fixo? Claro que não! Dá para ter uma vida sexual feliz com o(a) parceiro(a) e, ao mesmo tempo, ter os momentos em que se masturba. Aliás, a masturbação pode até ser incluída no repertório dos casais. Fica a gosto de cada um;

NÃO SIGNIFICA UMA TRAIÇÃO – Outra coisa que incomoda muitas pessoas é a ideia de pensar que está sendo traído(a), ao ver o(a) parceiro(a) se masturbar, ainda mais quando há uma revista ou um filme erótico por perto. Ou quando há objetos sexuais na brincadeira. Mas ele(a) não está ali sozinho(a)? Que história doida é essa de traição?;

NÃO PROVOCA DANOS AO CORPO – Essa ideia é comum entre os adolescentes – de que a masturbação vai provocar pedras nos mamilos, fazer crescer pelos no corpo, espinhas no rosto etc. Nada disso é verdade. Adolescentes terão espinhas mesmo, vão crescer pelos em regiões antes lisinhas e haverá o desenvolvimento de outros traços típicos do amadurecimento sexual corporal, como o crescimento das mamas, o desenvolvimento dos mamilos etc. Tudo isso é natural do corpo. E ocorrerá com ou sem masturbação. Relaxe! E, nas outras fases da vida, masturbar-se também não estraga nada, não.

Ao contrário, pode ser bastante saudável: para mostrar o(s) caminho(s) para o orgasmo, por exemplo, e para proporcionar uma série de benefícios (conhecimento e percepção do próprio corpo, mais energia, pique, novo colorido à vida, sensações agradáveis das mais variadas etc.) com a obtenção desse prazer!

Mas faz quem quer...

Sexo oral

Por muito tempo, essa prática foi proibida entre os casais, pois houve séculos em que o sexo só era permitido para reprodução. E, como não se engravida pela boca, então não se podia fazer sexo oral.

Mas as coisas mudaram...

E faz tempo!

No entanto, há pessoas que ainda ficam inibidas, achando esquisito ou que há algo errado nessa prática. Não existe, não. Pode-se fazer à vontade. Basta estar a fim. E saber que:

É EXCELENTE PARA LEVAR A MULHER AO ORGASMO: as carícias feitas com a boca e a língua na região vaginal e no clitóris provocam sensações extremamente prazerosas para as mulheres;

FAZ BOA PARCERIA COM A MASTURBAÇÃO: se as carícias orais forem aliadas a toques na região vaginal, podem ser um excelente meio de levar a mulher ao clímax. Aliás, uma parcela significativa de mulheres chega ao orgasmo mais facilmente com o sexo oral ou com a masturbação. Ou com ambos juntos. E não com a penetração. Isso varia de mulher para mulher e não há nada de errado. Para o sexo oral feito no homem, também costuma ser muito prazeroso fazer essa duplinha com a masturbação;

É EXCELENTE PARA FAVORECER A EREÇÃO: a glande, que é a cabeça do pênis, é uma das partes mais sensíveis do corpo masculino. Quando estimulada com o sexo oral, pode desencadear um imenso prazer e facilmente levar o homem a ter uma ereção. E se o pênis já estiver ereto? O prazer também poderá ser imenso;

ENGOLIR O ESPERMA PODE TRAZER DST: infelizmente, o cenário atual é cheio de doenças sexualmente transmissíveis e aids. Então, práticas que antes eram feitas sem preocupação, como engolir o esperma ou apenas ter contato com ele na boca, hoje são totalmente não recomendadas. Isso porque o esperma pode conter altos níveis de vírus e bactérias, e você corre o risco de se contaminar. Tem de usar camisinha no sexo oral – e deixar o esperma lá dentro, bem longe de você;

HÁ RISCOS DE PEGAR AIDS: o risco de transmissão da aids, ou de outras DSTs, é menor no sexo oral que nas outras práticas, como o sexo anal e a penetração vaginal. Mas, mesmo pequeno, ele existe, tanto para o sexo oral feito no homem como na mulher. Por isso, para receber sexo oral, o homem deve estar de camisinha e a mulher com a camisinha feminina.

E tenham muito prazer.

Penetração vaginal

Para muitos casais, sexo só é sexo quando há penetração vaginal. Masturbação ou sexo oral, mesmo sendo práticas sexuais, não são considerados "tão sexo assim" se naquela transa não houver a penetração vaginal. Até mesmo o sexo anal, que é outra prática sexual, e em que ocorre a penetração, perde seu status na ausência de penetração vaginal.

Muitas jovens adolescentes se iniciam sexualmente com o sexo anal, mas só se consideram iniciadas "mesmo" quando não são mais "virgens": ou seja, quando a penetração vaginal ocorre e, com ela, o hímen é rompido. Claro que esse é o conceito de virgindade. Mas sexo anal é sexo, sim! E essa moçada que já fez já transou!

Ou seja, a penetração vaginal é a grande estrela do sexo entre os casais heterossexuais. E é bacana lembrar que:

NÃO TEM ESSA DE "A MELHOR POSIÇÃO": cada pessoa terá de descobrir qual jeito gosta mais, qual jeito gosta menos. Não existe uma posição universalmente mais prazerosa. Varia muito;

NEM PRECISA MUDAR TODA HORA: é um engano achar que o sexo precisa ser uma verdadeira "ginástica sexual", com malabarismos, pernas para cá, pernas para lá, milhões de mudanças de posição. Se você gosta, até pode fazer tudo isso. Mas não quer dizer que todo mundo precise disso para sentir prazer. Às vezes, de um jeito simples e confortável está muito bom;

FICA MELHOR COM CARÍCIAS NO CLITÓRIS: para a mulher, carícias no clitóris sempre são extremamente prazerosas. E, para quem geralmente não chega ao orgasmo com a penetração vaginal, apesar de sentir prazer, pode ser que acariciar o clitóris durante os movimentos da penetração seja um segredo para tornar as coisas mais quentes ainda. E até mesmo levá-la ao orgasmo;

NEM TODO MUNDO GOSTA QUE VÁ FUNDO: mulheres e mulheres. Jeitos e jeitos. Elas são assim, cada uma gostando de uma coisa diferente. Há mulheres que gostam de penetrações mais profundas. Em outras, provoca incômodos e até dor. O que fazer? Se estiver ruim, melhor mudar de posição e evitar essa profundidade. E depois também ir ao ginecologista para investigar se essa dor pode ser (ou não) sinal de alguma infecção ou de outro problema com sua saúde genital;

A VAGINA PRECISA SE PREPARAR: vale lembrar que, para a penetração vaginal ser prazerosa, a mulher precisa estar no clima, ou seja, excitada eroticamente. Assim, sua vagina aumenta naturalmente de tamanho e se lubrifica para receber o pênis. Caso contrário, a penetração pode doer e incomodar;

QUANTO MAIS LUBRIFICAÇÃO, MAIS GOSTOSO É: se a mulher está com dificuldade de lubrificação, que pode ser provocada por variados motivos, como alterações hormonais, o lubrificante à base de água, que não danifica o material das camisinhas e é vendido em farmácias, pode ser uma excelente opção. E uma dica: para quem está tudo o.k. com a lubrificação, pode ser estimulante experimentar, só para variar, fazer a penetração vaginal com uma boa dose de lubrificante;

SEMPRE DE CAMISINHA: aliás, as camisinhas, tanto para quem optar pela masculina como pela feminina, também podem oferecer uma dose extra de lubrificação e tornar a penetração mais prazerosa. Há ainda alguns modelos com ranhuras, outros com pontinhos, como umas saliências, tudo desenvolvido para surtir diferentes sensações de prazer. Mas vou repetir: é necessário usar camisinha na penetração vaginal porque o sexo só pode ser prazeroso se for saudável. Ou seja, evitando a aids e as DSTs. De camisinha!

Bom divertimento!

Sexo anal

Essa ainda é uma prática tabu. Mas faz quem quer! Os homens, na maioria, adoram quando as parceiras topam. Já as mulheres...

As opiniões são variadas. É bom saber que:

MULHER PODE CHEGAR AO ORGASMO COM SEXO ANAL: pode mesmo! Claro que algumas pessoas não gostam nem de pensar nessa prática. Mas isso não é regra geral. Há quem goste. Há quem sinta desejo, se estimule, se estimule e... atinja o orgasmo;

"SÓ PARA AGRADAR AO OUTRO" É RUIM: em primeiro lugar, só é prazeroso para quem está a fim mesmo. Fazer só para agradar ao parceiro pode ser uma roubada. E doer. E incomodar. E ser uma experiência nada bacana. Você tem de querer experimentar. E se fizer e não gostar mesmo? Lembre que sexo é para ser prazeroso. Se não dá prazer, deixe essa prática para lá! Respeite-se;

TOCAR O CLITÓRIS PODE INCREMENTAR: acariciar o clitóris durante a penetração anal também pode proporcionar muito prazer à mulher. É assim também na penetração vaginal, como foi dito há pouco. O clitóris é o principal órgão de prazer feminino. Tocá-lo pode ser sempre o segredo para incrementar a prática sexual;

O PREAQUECIMENTO É IMPORTANTE: antes de partir para a penetração anal, quanto mais a mulher estiver "aquecida", mais prazerosa pode ser a prática. Isso quer dizer que ela precisa se estimular com outras práticas antes, como o sexo oral, a masturbação ou a penetração vaginal. Outra dica: antes da penetração anal, toques e carícias variadas no ânus podem fazer com que a região se estimule mais. E se prepare para a penetração ser de fato prazerosa;

SEM CAMISINHA, IMPOSSÍVEL: essa é a prática que oferece mais risco de contaminação com as DSTs e a aids. Ou seja: não dá para pensar em fazer se não for de camisinha. Caso a penetração vaginal venha depois, é importante trocar o preservativo, para evitar que as bactérias que residem naturalmente no ânus sejam transportadas para a região vaginal, o que pode provocar uma série de infecções na mulher;

NÃO É COISA SÓ "DE HOMOSSEXUAL": em primeiro lugar, é preciso parar de vez com frases preconceituosas como essa. Em segundo, as pessoas podem sentir prazer por todo o corpo, e isso não é necessariamente sinal de homossexualidade. O homem pode sentir prazer com carícias anais, entre elas a introdução de um dedo, e não ser homossexual. O que determina a homossexualidade é com quem a gente gosta de transar. Se for com alguém do mesmo sexo, então você é homossexual. Mas, se for com alguém do sexo oposto, no caso o homem que gosta de transar com mulher, então é heterossexual. Mesmo que sinta prazer com carícias no ânus!

Eu sei. Esse assunto é tabu mesmo.

E aqui também vale a dica que eu já dei antes: faz quem quer!

Capítulo 9

Jogo erótico

Sexo não é só cama. E você sabe disso.

O envolvimento erótico – e o jogo erótico – começa muito antes da prática do sexo em si.

Pode-se chamar de jogo erótico todo o conjunto de atividades que são feitas em torno da prática do sexo. E durante o sexo também. Começa no momento em que se faz qualquer coisa com o objetivo de se estimular – e estimular o parceiro ou a parceira.

São jogos eróticos:

- **o lazer, a diversão, as risadas e tudo o mais que crie um clima de descontração entre o casal;**
- **os telefonemas ou as mensagens picantes ao longo do dia;**
- **a troca de olhares, os sorrisos, as paqueras;**
- **a aproximação sexual, os beijos, os abraços, a troca de carícias;**
- **uma massagem erótica;**
- **carícias mais avançadas, a masturbação, o sexo oral;**
- **entre outros.**

Talvez esses possam ser chamados de jogos eróticos iniciais, para preaquecer os dois. Em alguns casos, o orgasmo já vem ali – e o casal se dá por satisfeito. Em outros, seriam jogos preliminares. E que podem ir se aquecendo, se aquecendo, e se misturar à prática do sexo em si.

Na hora da transa, o jogo erótico continua:

- **posições sexuais;**
- **inovações nas mesmas;**
- **retomada das práticas que foram boas no preaquecimento;**
- **o que mais vier à cabeça.**

E olha que vem muita coisa à cabeça, só que às vezes nem nos damos conta disso. São as fantasias sexuais: tudo o que faz parte do universo da imaginação (e que compõe também o jogo erótico, muitas vezes ajudando no aquecimento e em momentos posteriores). Cada pessoa tem as suas. Essas fantasias costumam variar de tempos em tempos, sem que tenhamos controle sobre isso, umas ganhando mais importância, outras perdendo, novas surgindo, antigas desaparecendo.

Aqui, as coisas se dividem em dois momentos. Ou em duas formas de nos relacionarmos com nossas fantasias:

1. **NA IMAGINAÇÃO:** as fantasias que ficam na imaginação, servindo de poderosos afrodisíacos, muitas vezes. Ou talvez mais assustadoras que estimulantes, quando se aproximam de práticas que não consideramos saudáveis ou "normais" para nós;
2. **NA PRÁTICA:** as fantasias que decidimos colocar na prática, para "ver como é que é", para experimentar coisas novas, variar o repertório sexual, incrementar o jogo erótico.

Mas que em uma parcela dos casos acabam não sendo, na prática, tão saborosas e saudáveis como imaginávamos que fossem.

Enfim, há inúmeras possibilidades de compor um jogo erótico de maneira que nos satisfaça. Nos tempos modernos, e que já virou coisa corriqueira para muitas pessoas, temos até a possibilidade do sexo virtual como um jogo erótico estimulante. Ou talvez muito mais que isso...

Que tal olhar para essa história toda um pouco mais de perto?

Preliminares

Em linhas gerais, preliminar é tudo aquilo que usamos para entrar no clima sexual – para nosso preaquecimento. Algumas delas:

RIR E SE DIVERTIR: essa é uma excelente preliminar para o sexo. Quando temos momentos de lazer, tanto faz se for com um grupo de amigos, com a pessoa com quem pretendemos transar ou sozinho(a), o corpo e a cabeça entram num estado agradável de descontração. E esse estado é totalmente favorável ao sexo. Rir só faz bem. Divirta-se;

CONVERSAR: aqui a coisa pode ficar num papinho com cara de "quem não quer nada", cheio de gracinhas, ou mais direto, mais erótico, com troca de informações que podem ser preciosas na cama. Tanto as gracinhas como a conversa franca sobre sexo são afrodisíacas. Vai de cada pessoa. Vai de cada casal. E há quem comece de um jeito, com o objetivo de logo dar um passo e chegar a outro. Dica: a conversa sobre sexo pode ser preciosa. Nela é possível colocar desejos, expectativas, ideias, bem como temores e preocupações. É uma forma de aproximação sexual num outro nível, de outro jeito. Não é melhor nem pior. É um jeito;

BEIJAR, ABRAÇAR, TOCAR: que delícia! Aqui, dispensa comentários. Uma coisa importante a lembrar: muitos casais, com o passar do tempo, "esquecem" como era bom fazer isso antes. E pulam essa etapa importante. Vão logo para os "finalmentes". Em muitos casos, entretanto, pular essa etapa acaba deixando, com o tempo, os "finalmentes" muito sem graça. Vale a pena resgatá-los para o jogo erótico, em qualquer fase da vida, em qualquer idade;

AS MASSAGENS ERÓTICAS: a coisa aqui começa a pegar fogo. E há uma explicação biológica para isso: nosso corpo precisa se preparar para entender as carícias como algo erótico. Para algumas pessoas, um banho quente e gostoso já é o suficiente para lavar a "poeira" do dia de trabalho e das preocupações e abrir as portas para o encontro amoroso e sexual. Para outras, ainda falta algo mais. Uma massagem erótica pode ser algo maravilhoso! Ou pelo motivo que acabei de citar ou porque simplesmente é maravilhoso. Não é necessário fazer um curso se não quiser. Basta seguir sua intuição: tocar aqui, ali, usar um óleo aromático que agrade aos sentidos, alternar a intensidade das pressões, fazer deslizamentos com as mãos, incluir todo o seu corpo nessa história. Enfim, criar. Fazer o que der vontade. Afinal, a transa é de vocês;

AS QUE AS MULHERES ADORAM: muitos me perguntam do que as mulheres mais gostam na cama, como satisfazê-las nas carícias preliminares, como colocá-las no clima. E eu digo: sei lá! Pergunte a elas! Ou seja, cada mulher é única. Não existe receita para animar a torcida feminina inteira do seu time de coração! É preciso descobrir no dia a dia. No jogo erótico. E é bom lembrar: 1. o clitóris é um dos principais órgãos de prazer feminino, mas precisa ser tocado com delicadeza no começo, para também se preaquecer; 2. o corpo feminino demora mais tempo que o masculino para se estimular. Isso pode ser fruto do jeito como as mulheres são, mas também de aprendizados, valores e crenças, que muitas vezes as "reprimem" ainda nos dias de hoje; e 3. há uma infinidade de pontos eróticos e de jeitos de excitá-las. O jogo de descoberta, por si só, já pode ser altamente afrodisíaco;
AS QUE OS HOMENS ADORAM: aqui também vale o que acabei de dizer em relação às mulheres. Cada homem é único. Então, não dá para fazer uma lista universal do que seduz o parceiro na cama. É preciso descobrir com a convivência. Ou no jogo erótico. Ou seguir a intuição. Ou de tudo um pouco. Não há receita. É bom desistir de procurá-la. Crie a de vocês. E, com o passar do tempo, inclua novos ingredientes. Alguns lembretes: 1. homens têm no pênis seu foco principal. Os toques no órgão, em especial na glande, que é a cabeça do pênis, costumam ser extremamente prazerosos. Mas é necessário ir devagar e com cuidado aqui também: assim como o clitóris precisa se preparar para sentir os toques como eróticos, a glande e todo o pênis idem; 2. há todo um mapa de prazer masculino a ser descoberto, com áreas (e jeitos de excitar) além do pênis. Lambidas, pequenas mordidas, leves arranhões e toques em outros pontos podem ser estimulantes. Descubram!;
É NECESSÁRIO BEBER?: não, não é necessário. Tudo

bem se a pessoa gosta de tomar uma dose ou outra para relaxar e entrar no clima. Mas beber além da conta pode dar problema de ereção, de dificuldade de chegar ao orgasmo e de sentir prazer, de ejaculação sem controle. Ou seja: pode jogar baldes de água fria no tesão (e na saúde) de vocês. Cuidado. Bebida, só com moderação;

E USAR DROGAS?: aqui é que não precisa mesmo. As drogas, tanto as estimulantes, usadas para "dar pique", como as relaxantes, escolhidas para "viajar", agem em seu corpo, claro. E, obviamente, mudam alguma coisa. Não poderia ser diferente com o sexo: as percepções corporais ficam alteradas, os mecanismos de sentir desejo idem. Podem levar à perda da ereção. Podem levar à ejaculação rápida. Podem levar à dificuldade de se estimular e chegar ao orgasmo. Claro que também a pessoa pode ter a sensação de que foi tudo "normal". Mas há grandes chances de dar problema na cama. Quem já passou por um momento desses sabe do que estou falando. O tiro sai pela culatra. Mais que isso: sabe-se que usar droga é uma roubada, "frita" o cérebro, deixa a pessoa "boba" no dia a dia e causa uma série de danos ao organismo como um todo. Isso não é papo de gente chata, não. É a realidade. Sabe-se também que dá um enorme prazer imediato, um alívio imediato das angústias, dos temores, das preocupações, das desilusões etc. É como se, num passe de mágica, tapasse um buraco que estava aberto (e doendo muito). Ai, ai. O ruim é que, de volta à realidade, depois do uso da droga, descobre-se que não existe passe de mágica. E dá-lhe mais droga. E mais dura realidade. E mais droga... É um ciclo vicioso, que vem junto com os danos ao organismo, mesmo que "não se dê muita bola" para eles, a princípio. Talvez mais interessante fosse lutar contra essa ideia de que existe alívio milagroso. Na hora, pode até haver. Mas a que preço? E não estou falando aqui de dinheiro, não;

COMIDAS AFRODISÍACAS: será que elas existem? Há quem afirme que não. Há quem garanta que sim, e aí fazem uma lista em que aparecem chocolate, canela, frutos do mar e uma série de alimentos exóticos, ou que trazem sensações de bem-estar, ou de uma "quentura" interna. Não custa experimentar, claro. Mas eu gosto sempre de dizer que afrodisíaco é tudo aquilo que nos remete a uma memória de algo erótico, despertando, assim, nosso prazer sexual. Pode ser um cheiro, um som, um cenário, uma imaginação. Ou um gosto: se você teve uma transa deliciosa, por exemplo, em que se lambuzou de chantili, esse alimento pode se tornar um poderoso afrodisíaco para você.

E por aí vai...

Posições sexuais

Encontrar o "encaixe perfeito" é a meta de muita gente. Não sei se é tão fácil assim. Até porque não existe perfeição em nosso mundo de seres humanos. Se fôssemos deuses...

Mas dá para encontrar posições que nos agradem bastante.

As mais comuns: sem dúvida, a posição mais comum é a conhecida como "papai e mamãe", que consiste em a mulher deitar e sobre ela o homem, um de frente para o outro. Essa posição favorece o encaixe do pênis na vagina e por muito tempo era considerada a única posição "permitida" aos "casais direitos". Essa era a crença de uma época em que sexo só era permitido para procriação, lá pelos idos do século XVIII. Mas, por muitas e muitas décadas, esses conceitos antigos e suas "proibições" continuaram valendo. Para alguns casais, pode ser que valham até hoje... Mas há mais do que essa posição para fazer. Claro que, se você gosta e sente prazer com ela, não precisa encarar um preconceito às avessas e parar de fazer só porque "é muito comum". O gosto é de vocês. Isso é o mais importante. Há quem opte também por variações durante a posição "papai e mamãe": toques no clitóris da mulher, pernas levantadas para cá, modificações para lá. É só usar a imaginação e dar-lhe as asas necessárias!

AS MAIS CONFORTÁVEIS: para os homens, são aquelas em que eles se movimentam com mais habilidade. Pode ser sobre a parceira, lado a lado ou como preferir. Para as mulheres, também são aquelas em que elas conseguem se movimentar durante a penetração ou as que conseguem recebê-la de forma mais relaxada. Por exemplo, as que ficam sobre o parceiro permitem que se movimentem e controlem profundidade, intensidade e velocidade da penetração. Mas isso não é regra. Cada casal tem um estilo e um encaixe. E pode ir experimentando novas maneiras sempre que quiser.

AS MAIS PRAZEROSAS: em geral, são também as mais confortáveis. Para sentir muito prazer e chegar ao orgasmo, é importante estar confortável na transa. Mas pode ser que algo meio exótico também renda sensações diferentes – e incrivelmente excitantes. Unir beijo na boca, mão para lá, mão para cá, sussurros e o que mais vier à cabeça pode ser tudo de bom para incrementar as posições. E, no meio desse conjunto, você encontrar a(s) mais prazerosa(s).

O *KAMA SUTRA*: é o famoso "manual" oriental de amor e sexo escrito por volta do século IV na Índia e que ganhou fama no mundo ocidental nos últimos tempos, em especial nas últimas décadas. Foi escrito com o objetivo de orientar a conduta amorosa e sexual dos casais daquela cultura, daquela época. Disso não se pode esquecer. Senão, a gente sai achando que precisa fazer tudo o que está descrito lá. Não sei se dá... E o que o *Kama Sutra* traz? Entre variados jeitos de conquistar, seduzir, se estimular e se relacionar no dia a dia e na cama, o que inclui beijos, abraços etc., há o capítulo mais famoso entre nós: sobre as posições sexuais. São várias posições. Mais precisamente, 64. Se você fizer uma por dia, levará mais de dois meses para dar conta do manual inteiro. Mas aí entra um detalhe: há posições que requerem um malabarismo e tanto, meio coisa de ginasta olímpico. Vai encarar?

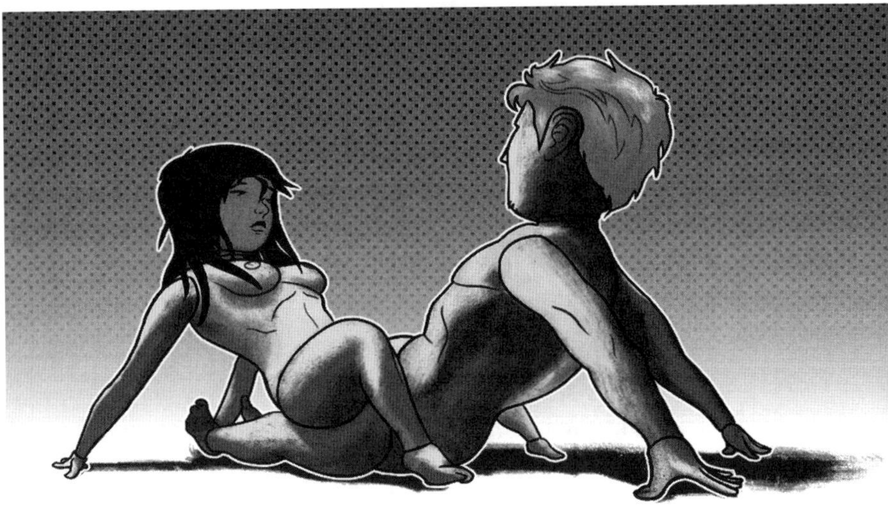

Fantasias sexuais

São inúmeras as fantasias sexuais que os homens e as mulheres têm, em todas as idades. Algumas das principais:

SEXO A TRÊS: segundo pesquisas, essa é a principal fantasia sexual masculina. Muitos homens se deliciam com a ideia de transar com duas mulheres ao mesmo tempo. Se com uma já é bom, imagine com duas! O dobro de prazer! Só para ele. É. Pode até ser assim como se imagina. Mas também pode não ser: pode rolar ciúme de alguma das partes (antes, durante e depois da transa), e isso já é um fator complicador da fantasia. Pode rolar pressão de alguma das partes: não é todo mundo que está a fim, mas acaba cedendo sem querer direito. E isso é outro fator que complica a troca de prazeres. Resumindo: na teoria, ou na imaginação, essa fantasia pode e costuma ser a melhor de todas. Para colocar em prática, no entanto, é preciso pesar prós e contras. O mesmo vale para o caso de a mulher ter a fantasia de fazer sexo com dois homens ao mesmo tempo. Mais um detalhe: duas pessoas, nessa transa a três, estarão vivendo uma experiência homossexual, de alguma forma. Pode ser o maior tesão, claro. Ou não. É preciso, antes, pensar se estão mesmo a fim de encarar essa prática;

SEXO NA PRAIA OU NA CACHOEIRA: enquanto os homens, de todas as idades, adoram a fantasia de transar a três, as mulheres já pensam mais em outra coisa. De acordo com as pesquisas, a principal fantasia sexual feminina é fazer sexo em locais paradisíacos e românticos. A mulher é assim mesmo, até por questões biológicas. Para o corpo feminino se estimular a ponto de chegar ao orgasmo, é preciso mais tempo do que ocorre com os homens. Ela é por natureza assim, além de isso ter ingredientes de nossa cultura repressora, que por muito tempo insistiu na ideia de que mulher direita não podia ter prazer sexual nem orgasmo. Resultado: a mulher chega lá, cada vez mais. Mas demora um pouco mais que os homens. A praia, a cachoeira ou qualquer outro lugar paradisíaco oferecem o ritmo adequado para ela entrar no clima erótico. Aos poucos, com calma e com muito tesão;

SEXO EM LOCAL "PÚBLICO": banheiro de festa, elevadores, escadarias, no escritório ou em qualquer outro lugar desse tipo, onde o casal pode ser flagrado a qualquer momento, ou que fuja ao que é feito no dia a dia, ou que desafie alguma regra etc. Tudo isso pode trazer sensações diferentes para algumas pessoas, uma agitação interna, como se estivessem fazendo algo de certa forma proibido. E todas essas sensações podem ser muito estimulantes e prazerosas para uma parcela das pessoas. Fazer sexo em locais públicos costuma ser uma fantasia muito comum entre homens e mulheres. Vale colocar em prática? Precisa ver que local público é esse. No meio da praça, com todo mundo vendo, não dá! Fica esquisito. Mas há outros espaços em que até pode dar, como em seu escritório talvez. Pode ser uma delícia, mas é preciso ver se o casal quer mesmo. E pesar os riscos;

SEXO PAGO: historicamente, os homens realizam essa fantasia de transar com garotas de programa com mais frequência. Houve uma época, há décadas atrás, em que a iniciação sexual do garoto se dava nas casas de prostituição. Na maioria dos casos, o rapaz era levado orgulhosamente pelo pai. A ideia era que "o menino precisa se tornar homem". Fazer sexo com prostitutas era parte do ritual de passagem da infância para a fase adulta (ou era o próprio ritual em si). Mais recentemente, a mulher parece que tomou gosto pela coisa de contratar os serviços eróticos e sexuais de alguém. E começou a experimentar os garotos de programa. O ator americano Richard Gere, hoje na fase madura, quando estava no início de sua juventude, protagonizou um filme em que ele era um belíssimo e sedutor rapaz da turma do sexo pago. Fez sucesso. Atiçou a imaginação, certamente. Ou seja, isso povoa a fantasia feminina, desde que o mundo é mundo. Mais uma vez, cada pessoa é que terá de decidir. É preciso pensar com muita calma, e não ficar só na imaginação de quanto pode ser um tesão. Claro que pode ser imensamente prazeroso, sim. Mas também algo pode não sair como o imaginado. Além do mais, a prostituição não é "liberada" em nosso país. É, portanto, uma experiência que envolve um grande conjunto de crenças, valores, tabus e proibições. Vale pensar bem;

SEXO COM BRINQUEDOS ERÓTICOS: essa talvez seja a fantasia mais simples de realizar. Há muitos homens e mulheres de todas as idades que sentem vontade de experimentar um brinquedo erótico, como um vibrador ou um massageador. Mas ficam na dúvida se é errado, se é algo meio "sujo". Claro que cada pessoa tem seu conjunto de ideias e valores, mas testar esses produtos de sex shop pode ser uma experiência bem saborosa. E totalmente saudável. Aliás, pode ser uma forma de descobrir melhor os caminhos para sentir prazer e ter orgasmo;

SEXO COM A MULHER-GATO OU O HOMEM-ARANHA: aqui também a brincadeira pode ser bem divertida, desde que a pessoa não se sinta ridícula com as fantasias que são vendidas ou alugadas por aí. É comum que personagens como a Mulher-Gato, o Homem-Aranha ou outro qualquer povoem a imaginação de muitos. Aqui pode entrar também a fantasia de transar com o parceiro vestido de bombeiro, policial, comandante de navio etc., ou a parceira vestida de enfermeira, professora, noiva, com orelhas de coelho etc. Essas são as mais comuns, mas há inúmeras mais. A imaginação é bem fértil. Pode ser divertido. Ou sem graça. Pode mexer com os desejos de ser cuidado ou cuidar, de mandar ou ser mandado. Se isso tudo na cama vai ser bom? Só mesmo experimentando.

Essas são algumas das fantasias mais comuns.

Mas há também aquelas que entram para o terreno do incomum, tomando muitas vezes caminhos que requerem um olhar mais cauteloso.

São situações que extrapolam o jeito usual de fazer sexo.

Fora do convencional

As fantasias sexuais que fogem ao convencional em muitos casos beiram apenas o terreno da imaginação. Em outros, até são colocadas em prática, mas ainda de um jeito aceitável. Entretanto, há pessoas que extrapolam com suas fantasias e requerem ajuda especializada para reverter essa situação.

Algumas práticas fora do convencional:

VOYEURISMO: em linhas gerais, esse é o nome que se dá ao prazer de observar a transa dos outros. Pode-se dizer que todos nós temos certo grau de voyeurismo: é gostoso olhar cenas excitantes, filmes eróticos etc. O problema começa quando isso extrapola os limites de ser um estímulo erótico como outro qualquer e passa a ser algo nocivo a você ou a quem está a seu lado, algo que tortura, angustia e gera um enorme sofrimento. É então o caso de procurar ajuda psicológica. Existe tratamento;

EXIBICIONISMO: aqui também é algo que, como o voyeurismo, requer um olhar para a questão do grau, da intensidade. Exibicionismo é o nome que se dá ao prazer de se exibir sexualmente, especialmente os genitais. Todas as pessoas têm certo grau de exibicionismo, de gostar de exibir partes eróticas do corpo. Mas é problema quando isso extrapola limites: é o caso de quem sente prazer em colocar o pênis para fora no meio da estação do metrô, por exemplo. Aí é preciso tratamento psicológico;

SADOMASOQUISMO: mais uma vez, como o voyeurismo e o exibicionismo, é preciso olhar para a dosagem das coisas. Sadismo é quando a pessoa sente prazer sexual ao provocar dor ou qualquer tipo de sofrimento físico ou psíquico em alguém. Masoquismo é quando a pessoa tem prazer sexual ao sentir a dor ou o sofrimento físico ou psíquico. Acredita-se que o sádico seja ao mesmo tempo masoquista. E vice-versa. Daí usarmos o nome sadomasoquismo: o gosto sexual por causar e sentir sofrimento e dor. Isso inclui humilhações, beliscões, tapas, ou um verdadeiro arsenal de tortura, ou o que mais a imaginação proporcionar. É preciso ficar atento: pode até ser excitante para algumas pessoas trocar tapinhas de leve, usar xingamentos na cama, colocar algemas de pelúcia, usar um chicote de couro, ou algo mais leve. Mas, a partir do momento em que a história extrapola e ganha tons mais pesados, com doses maiores de sofrimento e danos ao físico e ao emocional, aí pode ser preciso parar com isso. Não é fácil saber o limite. É necessário buscar ajuda psicológica. Existe tratamento;

SEXO DE JEITOS "ESQUISITOS": misturar a prática sexual com jatos de xixi ou fezes, transar com animais ou outra coisa fora do usual. Qual é o limite para isso? Até onde dá para ir? Aqui a conversa fica complicada. É muito difícil dizer. Cada pessoa tem uma preferência, cada casal também. Talvez um bom limite seja só ir até onde a prática sexual não esteja ferindo você de alguma forma: nem fisicamente nem emocionalmente. E, ao mesmo tempo, não esteja ferindo a pessoa com quem você está se relacionando;

MAIS "ESQUISITO" AINDA: em algumas situações, parece que as pessoas ficam meio cegas, sem saber se aquilo está "tudo bem mesmo", ou se devem procurar ajuda psicológica para reverter a situação. É o caso de quem extrapola em alguma prática e não consegue mais fazer diferente, repetindo e repetindo, mesmo com sentimentos ambivalentes (ora ama, ora odeia) e em profundo sofrimento. É também o caso de quem começa a complicar gravemente a vida dos outros (e a própria): sexo sem consentimento alheio (a prática de estupro, que é crime), sexo com cadáveres (a necrofilia, problema grave), sexo com risco de morte (por asfixia, por exemplo) etc. Tudo isso é muito complexo. A pessoa deve buscar urgentemente a ajuda de um psicólogo se estiver no meio dessa confusão, para avaliar e proceder com o tratamento necessário. Isso pode incluir a ajuda de outros profissionais, como um psiquiatra, pois talvez seja necessário usar alguma medicação. Há saída. E tratamento! Pode ser urgente fazê-lo, para seu bem-estar e o das outras pessoas envolvidas;

SEXO FORA DO LIMITE: pedofilia é crime. Está fora do limite. Homens e mulheres adultos ou idosos não podem transar com bebês, crianças, pré-adolescentes e adolescentes nem fazer nenhuma carícia sexual neles. Por mais que pareça que essa turma "também quer", "também gosta" ou está "se exibindo" para você, isso é proibido por lei. Deve-se buscar ajuda psicológica urgentemente para sair dessa. Nossa cultura não permite. Pode até ser que em outras culturas seja permitido, mas nossa cultura é essa aqui. A pessoa que age assim terá de se enquadrar: para sua saúde física e mental, para a saúde física e mental de quem está a seu lado. Vale lembrar também que, se a pessoa é pré-adolescente ou adolescente, é errado "mexer" com alguém das etapas anteriores. Ou seja, o jovem de quinze anos não pode ficar envolvido sexualmente com quem está na infância, por exemplo. Isso também é uma forma de pedofilia. Também está fora do limite. Terá de se enquadrar!

Sexo virtual

A internet mudou muita coisa no mundo. E trouxe essa história de sexo virtual. O que é isso? É uma ideia ampla e cheia de possíveis interpretações. Rende uma discussão e tanto.

E cada pessoa pensa de um jeito...

Em geral, é a estimulação sexual com a ajuda do que se passa na tela do computador: costuma ser um bate-papo erótico, que pode contar com o incremento de uma câmera para espiar o outro.

Pode ser excitante? Claro que sim. Pode ser saudável? Também! E há algo de errado? Depende: também pode ser que em alguns casos isso não seja tão bacana assim.

Múltiplas possibilidades

Há milhões de salas de bate-papo erótico por aí. E a cada dia surgem mais canais para as pessoas se comunicarem por meio de seus computadores – que ganham versões no telefone celular ou aonde mais a tecnologia nos levar.

Na rede, você pode ser você. Com sua cara mesmo, seu jeito de ser. Ou não: usar a cara "emprestada" de outra pessoa, criar um perfil falso e, aparentemente, distante de você. A idade também pode ser "maquiada": para mais ou para menos. Os pais se desesperam com a possibilidade de pedofilia na rede, algo que requer, além das medidas penais cabíveis, um olhar atento ao mundo dos filhos e muita orientação.

Esse é mais ou menos o cenário em que se insere o sexo virtual.

Fazer ou não fazer: eis a questão!

Quanto à prática do sexo em si, entre pessoas adultas que decidiram tê-la, há ainda muitas questões e dúvidas.

É TRAIÇÃO? Difícil opinar. Cada pessoa tem seus conceitos sobre o que considera traição ou não. Se você considera traição o envolvimento erótico entre duas pessoas, havendo contato físico ou não, então pode ser que você diga que, sim, é traição. Mas, se considera traição apenas quando alguém vai para a cama com outra pessoa, aí não é. Está cada um na frente de seu computador. Estimulando-se eroticamente, masturbando-se. Mas cada um em seu canto, sem contato físico. Coisa polêmica essa. Não existe resposta pronta. Cada casal é que precisa negociar suas regras e suas possibilidades.

E SE ELE(A) ESTIVER SÓ OLHANDO? Aqui também há vários jeitos de analisar a questão. Ver uma revista erótica de nudez, um filme com cenas de sexo, algo na internet que tenha esses conteúdos pode ser apenas um estímulo erótico a mais. Ou seja, uma forma de a pessoa se excitar. O que não é necessariamente uma traição. Parece ter mais a ver com a área da imaginação e da fantasia: o prazer é apenas desencadeado a partir dos estímulos visuais da revista, do filme, da internet. E isso não seria traição.

PODE VICIAR? Se a pessoa ficar focada só nessa forma de sentir prazer, e cada vez mais e mais só desse jeito, e ir se afastando das outras possibilidades, do convívio cara a cara, dos relacionamentos ao vivo, e aquilo for tomando proporções gigantescas, pode ser que sim, que tenha se tornado um vício. O tratamento é feito como para outros tipos de vício: com apoio psiquiátrico e psicológico.

PODE VALER A PENA? Varia de pessoa para pessoa. Para algumas, pode ser um jeito estimulante de se relacionar com o(a) parceiro(a) quando estão longe um do outro, em viagens, por exemplo. Ou de obter prazer sozinho(a). Há quem se estimule, mas há também quem não veja a menor graça nessa história. Mais uma vez, e como na maioria das coisas na vida e no sexo, varia muito.

Capítulo 10

O sexo e sua história

1700 a.C.
AS CASAS DE PROSTITUIÇÃO

Já nessa época o Código Babilônico fazia referências às "casas de cerveja" mantidas por mulheres. Essas cervejarias podem ter sido os primeiros bordéis. Posteriormente, acredita-se que por volta do século IV, o manual sagrado indiano *Kama Sutra*, de amor e conduta sexual, dedicaria um capítulo importante às "obrigações de uma prostituta bem-sucedida". Nessa seção são discutidas, por exemplo, 27 maneiras de "obter dinheiro do freguês ou patrão". Na Europa do século XIX, desenvolveu-se um movimento de erradicação da prostituição, com o intuito de abolir a prática, até então regulamentada. Na França, a regulamentação estatal terminou em 1946, significando somente o fechamento dos bordéis controlados pelo Estado. Mas a prostituição continuou mundo afora.

1000 a.C.
OS DEUSES DO PÊNIS

Variadas populações fazem cultos aos deuses do pênis ou da fertilização, entre eles Príapo, retratado com um falo (pênis) enorme. Na Grécia e na Roma antigas, bem como no Egito e em outras regiões, acreditava-se que tais deuses conferiam fertilidade à terra e aos casais, além de proteção aos povos em guerra, entre outras crenças. Os rituais envolviam estátuas em formato de pênis e amuletos, tudo para venerar os deuses. Talvez a crença de que "tamanho de pênis é documento" remonte a essa época. Até hoje, homens de todas as idades se preocupam com o tamanho do pênis, o que provoca angústias e pode levar a dificuldades sexuais.

476 a 1453
AS PROIBIÇÕES DA IDADE MÉDIA

O cristianismo é severo com a mulher, a começar pela interpretação do Antigo Testamento: Eva é a origem do pecado, dos sofrimentos e de todos os males; a mulher e o prazer são considerados "instrumentos do diabo", destinados a afastar o homem de Deus. Para a Igreja, o sexo deve ocorrer só no casamento e com o objetivo exclusivo de procriação. É considerada pecado qualquer atividade sexual fora do casamento. O sexo entre o casal deve ser praticado com "critério", sem exagero, com um "gozo restrito". Além disso, o homem deve assumir posição ativa no ato sexual. Mas a mulher deve se submeter com passividade. A única posição permitida é a "posição natural" ou "missionária", por ser mais favorável à procriação. Essa é a posição a que chamamos de "papai e mamãe": a mulher por baixo, o homem por cima, um de frente para o outro. A contracepção é vista como o pecado maior do sexo. Sexo anal, sexo oral e o uso de substâncias anticoncepcionais são considerados práticas tão graves como o homicídio. Homossexualidade e masturbação também são consideradas pecados. Homens e mulheres vivem a sexualidade cobertos de culpa e com uma constante necessidade de penitência e confissão. A desobediência às interdições ganha grandes proporções. No final do século XII, a Igreja cria um instrumento de coerção: a Santa Inquisição. Mulheres sedutoras são consideradas bruxas e acusadas de manter relações carnais com o diabo. Acabam condenadas a morrer na fogueira.

1453
O INÍCIO DO RENASCIMENTO

A Idade Média acaba e inicia-se a Idade Moderna, que se estenderia até 1789. A partir do século XV, falar sobre sexo torna-se a forma mais popular de expressão. É a época do Renascimento: a nudez entra em moda na pintura e na escultura. Os nobres gozam de total liberdade no comportamento sexual e o adultério feminino torna-se comum. Casas de banho aparecem em toda a Europa. No século XVI, surgiriam a Reforma e o protestantismo contra as arbitrariedades da Igreja. O sexo seria tido como natural e menos pecaminoso se praticado a serviço de Deus. O prazer sexual seria admitido dentro do casamento. Mas em seguida a Igreja daria origem à Contrarreforma, reafirmando a limitação do sexo.

1527
AS DOENÇAS VENÉREAS

É empregado pela primeira vez o termo doença venérea, de Vênus, a deusa do amor e do sexo, para se referir a doenças de transmissão sexual, como a gonorreia e a sífilis. No entanto, há menções às doenças desse tipo desde a Antiguidade. Gonorreia, por exemplo, foi um termo inventado por Galeno no século II d.C., mas conhecida bem antes disso. Os olhares aqui se voltam para o estrago que essas doenças trazem à população e para a necessidade de prevenção e tratamento.

1677
A DESCOBERTA DO ESPERMATOZOIDE

Setenta e dois anos após a invenção do microscópio, datada de 1604, uma descoberta traz uma nova e surpreendente perspectiva para a sexualidade humana: a descoberta dos espermatozoides. Até então, não se sabia de sua existência. Mas o pesquisador Antonie van Leeuwenhoek os descobre no sêmen de insetos, de cães e do homem. E os chama, a princípio, de "animúnculos". "Parecem os girinos bissexuais, mas às vezes mais de mil se agitam num espaço tão grande quanto um grão de areia", diz ele. Era o "animal espermático", considerado nesses primeiros momentos um pequeno ser completo que necessitava apenas crescer. A ideia era de que esse "animal" era pré-formado no esperma para se desenvolver no útero da mulher. Posteriormente, o óvulo humano seria descoberto por Karl Ernst Von Baer, em 1829. Anos mais tarde, em 1875, Oscar Hertwig observaria o exato momento de fertilização, em ouriços-do-mar. Assim, o mistério da origem dos bebês estava sendo cientificamente desvendado.

1758
A CAÇA À MASTURBAÇÃO

É publicada na Europa, em latim, uma obra muito séria do médico francês Samuel Tissot: *Ensaio sobre as doenças decorrentes da masturbação.* Essa é uma das obras que, junto a outras de sua época, interferem nas atitudes e na moral sexual até o início do século XX. Grandes médicos têm opiniões consonantes a Tissot – o criador todo-poderoso do mito da masturbação. E a prática é vista como algo errado, sujo e doentio: "Essa doença ataca os jovens e os libidinosos; eles não têm febre, e, embora comam bem, emagrecem e se consomem... Os prazeres prejudicam sempre as pessoas fracas, e seu uso frequente enfraquece as mais fortes", diz Tissot. Assim ele ataca o "mais odioso crime contra a natureza: a masturbação". Surgem dispositivos contra a ereção, como anéis pontiagudos para colocar em torno do pênis e evitar que ela ocorra. Para as mulheres, a solução sugerida é mais radical, cortando "o mal pela raiz": trata-se de eliminar o clitóris por meio de cirurgia. Essa caça só se abrandaria no século seguinte, com os pioneiros estudiosos da sexualidade, entre eles Sigmund Freud, considerado o pai da psicanálise. Hoje sabemos que a masturbação é uma prática natural e saudável.

1798
O CONTROLE DA NATALIDADE

Thomas Malthus publica um trabalho em que chama a atenção para um fato: o de a população humana tender a superar o suprimento de alimentos. Essa publicação auxiliaria uma mudança significativa de valores: o temor à superpopulação. A única solução oferecida por Malthus era a abstinência sexual, considerada posteriormente uma abordagem irreal para um problema tão sério. Em 1900, inspirado por essas ideias, seria empreendido um esforço mundial para controle da natalidade.

1870
OS PRESERVATIVOS DE BORRACHA

Por volta desse ano, surgem os primeiros preservativos de borracha, feitos com um material extremamente grosso. Eles podiam ser lavados e reutilizados até a borracha se danificar. Em 1939, com o processo de vulcanização da borracha, eles se tornariam mais finos e elásticos. Na década de 1990, surgiria a camisinha feminina, dando mais um salto quanto às possibilidades de prevenção às doenças sexualmente transmissíveis. No entanto, a primeira evidência da existência de um precursor dos preservativos de borracha vem do século XVI: foi quando o anatomista italiano Gabriel Fallopus (conhecido por descrever as trompas do corpo feminino, chamadas de "falópio") desenvolveu um envoltório de linho que se ajustava sobre a cabeça do pênis para evitar a disseminação da sífilis.

1883
O PRIMEIRO VIBRADOR

O médico americano Joseph Mortimer Granville cria um massageador elétrico, mas faz de tudo para que o invento não ganhe conotação sexual. Porém, isso não seria possível: por volta de 1900, a publicidade em torno dele se torna mais explícita, garantindo prazer às mulheres. Os massageadores cairiam em desuso na década de 1930, mas voltariam "à ativa" nos anos 1970 com grande apelo sexual. Hoje, há uma variedade de modelos de massageadores e vibradores, e são considerados ingredientes saudáveis para auxiliar na obtenção de prazer e de orgasmos. No entanto, imagens de pênis já eram comuns desde a Grécia antiga.

1938
A DIFICULDADE DE ORGASMO

O americano Alfred Kinsey e sua equipe de colaboradores fazem uma série de pesquisas sobre sexo, a partir de 1938. Kinsey define a sexualidade como uma função biológica "normal" e saudável, de qualquer forma que se apresente, e afirma que uma grande parcela de mulheres não consegue ter prazer nem chegar ao orgasmo.

1944
A DESCOBERTA DO PONTO G

O obstetra e ginecologista alemão Ernest Grafenberg relata a descoberta de um ponto dentro da vagina que seria responsável por um enorme prazer feminino. Até hoje, há controvérsias: há os que acreditam em Grafenberg, há os que não creem. O ponto ficaria na parede frontal da vagina, a três ou quatro centímetros do orifício vaginal, sendo facilmente alcançado e estimulado com a introdução de um dedo.

1952
OS EXERCÍCIOS VAGINAIS

O ginecologista americano Arnold Kegel sugere às pacientes exercícios de contração e soltura da musculatura vaginal. O objetivo é tratar flacidez pós-parto e prevenir incontinência urinária. Mas tais exercícios trazem um benefício extra: promovem maior percepção corporal, que vem seguida de um aumento de prazer e de orgasmos. Os exercícios são similares a uma técnica milenar indiana: o pompoarismo.

1956
A PRIMEIRA PÍLULA

Gregory Pincus e colaboradores desenvolvem o primeiro contraceptivo oral eficaz. Em 1968, o papa Paulo VI reafirmaria a moralidade católica e condenaria todas as formas artificiais de controle da natalidade, inclusive a pílula. No entanto, em 1980, um em cada três casais estaria se valendo de alguma forma de contracepção artificial ou se submetendo à esterilização. Hoje, há inúmeras pílulas anticoncepcionais, para atender uma variada gama de mulheres e de necessidades, inclusive a pílula do dia seguinte, usada como uma contracepção de emergência, para casos de sexo sem proteção (como quando a camisinha se rompe).

1966
A RESPOSTA SEXUAL HUMANA

Os terapeutas sexuais William Masters e Virginia Johnson publicam o livro *A resposta sexual humana*, baseados na observação da atividade sexual de 694 pessoas (382 mulheres e 312 homens), de dezoito a 89 anos de idade, durante um período de doze anos. A obra aparece como um passo gigantesco para o tratamento das dificuldades sexuais humanas.

1974
A REVISÃO DA HOMOSSEXUALIDADE

A Associação Psiquiátrica Americana deixa de rotular a homossexualidade como doença mental. É uma mudança gigantesca na forma de enxergar as possibilidades do exercício da sexualidade humana. Hoje sabemos que homossexualidade não é doença. Não há nada de errado nem vergonhoso em ser homossexual.

1982
A CHEGADA DA AIDS AO BRASIL

A aids é identificada pela primeira vez no Brasil. Posteriormente, um caso é reconhecido retrospectivamente, no estado de São Paulo, como tendo ocorrido em 1980. Em 1996 começam as campanhas de prevenção à aids na adolescência. A juventude entra na mira das preocupações nacionais em torno da epidemia, e não sai mais. Entre as ações para prevenir a doença na população em geral, mulheres casadas e a terceira idade também ganham destaque nos anos posteriores.

1998
O PRIMEIRO REMÉDIO PRÓ-EREÇÃO

Chega ao Brasil um medicamento que faz um feito até então inédito: auxilia a obtenção de ereção em homens adultos que apresentam tais dificuldades por causas orgânicas. É uma pílula para ser ingerida antes da transa e que age no mecanismo de entrada e saída do sangue no pênis. Isso promove uma revolução: adultos e idosos buscam consultórios e se beneficiam do método. O sexo na terceira idade ganha um empurrão. Novos medicamentos surgem no mercado. Uma parcela dos homens decide usá-los para "turbinar" o sexo, mesmo sem ter necessidade deles. Tal comportamento, de uso desnecessário, acaba muitas vezes sendo nocivo e desencadeando futuras dificuldades sexuais com a ereção.

2009
NOSSO BATE-PAPO

Novo milênio, novos tempos. Muita coisa já mudou na sexualidade humana. E chegamos ao ano de lançamento da primeira edição deste nosso bate-papo, com a oportunidade de olhar para o sexo e o prazer sexual de forma cada vez mais saudável – e prazerosa!

Conversa final

Schopenhauer, um dos filósofos mais lidos da Alemanha na segunda metade do século XIX, nos diz em *Sobre o ofício do escritor*:

> "...Pensamentos transportados para o papel não são nada além de uma pegada na areia: pode-se até ver o caminho percorrido; no entanto, para saber o que tal pessoa viu ao caminhar, é preciso usar os próprios olhos".

Encerro este livro com essa ideia. Cada leitor, cada leitora, seja de doze, quinze, vinte, trinta, quarenta, cinquenta, sessenta, setenta, oitenta anos ou mais terá de caminhar com os próprios pés, olhar com os próprios olhos, viver as próprias experiências de vida, sejam elas amorosas, sexuais e outras tantas mais. Não há receita pronta (eu avisei nas primeiras páginas que repetiria isso até o final). Não há mesmo! Então, faça sempre do seu modo. Seja você! E, nos momentos em que não souber quem é, procure-se, reinvente-se! Mas sempre com algo em mente: respeitar a si mesmo e a quem está a seu lado, o que inclui ter práticas cada vez mais saudáveis – e prazerosas. Assim, certamente será muito mais interessante e saboroso.

Gostei tanto desta conversa! Vou sentir saudade (mesmo!) de falar com vocês.

Até o próximo papo!

Bibliografia

ALVARENGA, M. Z. **Mitologia simbólica: estruturas da psique e regências míticas.** São Paulo: Casa do Psicólogo, 2007.

BRAGANTE, L. A.; GHERPELLI, M. H. B. V. **Manual do jogo de corpo: livro do professor.** São Paulo: Instituto Kaplan, 2000.

BRENOT, P. Elogio da masturbação. Rio de Janeiro: Record / Rosa dos Tempos, 1998.

CAPOBIANCO, M. E. **Hormônios, seiva da vida.** São Paulo: Instituto Kaplan, 2002.

CUNHA, A. G. **Dicionário etimológico Nova Fronteira da língua portuguesa.** Rio de Janeiro: Nova Fronteira, 1986.

DUARTE, M.; BOUER, J. **O guia dos curiosos: sexo.** São Paulo: Companhia das Letras, 2001.

GREGERSEN, E. **Práticas sexuais: a história da sexualidade humana.** São Paulo: Roca, 1983.

JUNG, C. G. **O homem e seus símbolos.** Rio de Janeiro: Nova Fronteira, 2002.

MAIA, A. C. B. **Sexualidade na gravidez e após o parto.** In: Revista Brasileira de Sexualidade Humana, vol. 12. São Paulo: Iglu, 2001.

MULLER, L. **500 perguntas sobre sexo do adolescente: um guia para jovens, educadores e pais.** Rio de Janeiro: Objetiva, 2005.

MULLER, L.; VITIELLO, N. **500 perguntas sobre sexo: respostas para as principais dúvidas de homens e mulheres.** Rio de Janeiro: Objetiva, 2001.

OLIVEIRA, E. **Novo atlas do corpo humano.** São Paulo: Klick, 2001.

PLATÃO. **O banquete.** São Paulo: Edipro, 1996.

SEIXAS, A. M. R. **Sexualidade feminina: história, cultura, família.** São Paulo: SENAC, 1998.

SCHOPENHAUER, A. **Sobre o ofício do escritor.** São Paulo: Martins Fontes, 2003.

STENDHAL. **Do amor.** São Paulo: Martins Fontes, 1999.

www.aids.gov.br - Portal do Ministério da Saúde

Psicóloga e jornalista,
Laura Muller
é especialista em sexualidade humana. Semanalmente, fala sobre o tema em rede nacional, respondendo a dúvidas de jovens e adultos a bordo do programa *Altas horas*, apresentado por Serginho Groisman na TV Globo. Como professora convidada, leciona cursos de pós-graduação em educação e terapia sexual. Ministra também palestras na área de relacionamentos e sexualidade.

www.lauramuller.com.br